도서관이 된 마을,
마을이 된 도서관

왜 도서관이 아니라 도서관마을일까?

구산동도서관마을은 마을에 꼭 필요한 도서관을 만들고자 했던 주민들의 열망 속에서 시작되었습니다. '다 함께 잘 사는 세상, 그렇게 함께 사는 세상이 행복했으면 좋겠다'라는 주민들의 바람 속에서 문을 연 구산동도서관마을은 주민이 직접 만들고 운영에 참여하는 '주민참여형 도서관'으로 성장해왔습니다.

왜 '도서관'이 아니라 '도서관마을'일까요?

왜 신축 건물이 아닌, 오래된 마을을 살리는 도시재생 방식으로 지었을까요?

왜 주민들은 공공도서관 건립을 위해 발 벗고 나서게 되었을까요?

왜 협동조합 법인을 선택했을까요? 협동조합의 가치와 철학은 도서관 운영에 어떻게 스며들었을까요?

이 책은 바로 이러한 질문들에서 출발했습니다.

책 속 이야기를 따라가다 보면 우리는 기적 같은 구산동도서관마을의 건립과정과 주민들의 뜨거운 열정을 생생하게 마주하게 됩니다. 도서관을 만들기 위해 주민참여예산사업으로 35억 원의 예산을 마련하고, 시간과 아이디를 내고, 축제를 만들고, 발로 뛰며 그렇게 신이 났던 시간은 마을을 변화시키고 활력을 만들어내었습니다.

마을을 더 살기 좋은 곳으로 만들기 위한 주민들의 열망이 삶과 삶터, 그리고 공동체를 어떻게 변화시키는지 구산동도서관마을을 통해 만나보시기 바랍니다.

배우고, 익히고, 실천하는 공동체인 구산동도서관마을은 주민의 변화와 성장을 가능하게 하는 가장 중요한 힘은 주민 주체성과 주민참여에 있다고 믿고 환대하는 문화로 주민들을 즐겁게 만나고 있습니다.

내 아이를 위한 도서관 자원봉사에서 출발해 지역사회를 위해 일하는 은평도서관 마을사회적협동조합 이사장 김어지나 님의 생생한 이야기, 은평구작은도서관운동의 씨앗을 뿌려 구산동도서관마을 건립에 이르기까지 지난 10년의 역사를 온몸으로 증언해주신 이미경 님의 울림 가득한 이야기, 도시재생과 주민참여, 민관협치라는 새로운 모델을 만들기까지 겪어야 했던 어려움을 진정성 있게 들려주신 전 은평구청장 김우영 님의 흥미진진한 이야기, 기존 건물을 보존하며 도시재생 방식으로 설계하고 건축 과정 전반에 주민과 함께했던 경험을 나누어주신 건축가 최재원 님의 묵직한 이야기에 감동이 컸습니다.

도서관 학교를 통해 도서관을 만나고 10년 넘게 독서활동가로 헌신해온 책여울 활동가님들의 눈물 어린 증언과 감동적인 이야기, 청소년 운영위원 활동으로 시작해 성인이 되어서도 도서관을 떠나지 않고 청년동아리로 모여 도서관의 크고 작은 일마다 힘을 보태는 청문회 회원님들의 상큼발랄한 이야기, 멋진 시 낭송으로 늘 감동을 전해주는 동주시카페 회원님들의 아름다운 인생 이야기, 몸과 마음을 다해 도서관을 위해 헌신해주신 은평도서관마을사회적협동조합 이사님들의 고군분투와 좌충우돌 속에서도 꽃피우는 깨달음의 이야기, 마지막으로 한 땀 한 땀 정성으로 도서관을 일구어 온 직원 여러분들의 살아있는 체험과 삶의 현장 이야기 속에서 재미와 가슴 따듯하고 뭉클한 순간들을 만나보시기 바랍니다.

이 밖에도 인터뷰를 통해 귀한 이야기 전해주신 분들이 많았는데 지면상 다 담지 못했음을 죄송스럽게 생각하며, 구산동도서관마을 오늘이 있기까지 애써주신 모든 분들께 깊은 감사를 드립니다.

2026년 4월

은혜롭고 평화로운 마을 은평, 그 커다란 품 안에서 행복한 관장 이순임

목차

1장
도서관이라는 공간

구산동 골목을 걷다 보면 낡은 담벼락과 새 건물이 맞닿은 사이로 도서관이 모습을 드러낸다. 오래된 집의 흔적을 간직한 이곳은 마을의 시간과 기억이 머무는 공간이다. 이 도서관은 처음부터 새로 지은 건물이 아니라 기존의 집들을 이어 만들었다. 서로 다른 공간을 연결해 하나의 흐름으로 엮으면서 사람들의 일상 속에 자연스럽게 스며들었다. 그렇게 완성된 공간은 건축을 넘어 마을 공동체의 중심이 되었다.

마을이 도서관을 만들기까지

2004년 대조동 주민자치센터 옆 파출소에 자리가 난다는 소식이 들려왔다. 대조초등학교 도서관에서 자원봉사 하던 엄마들은 갑자기 마음이 부산해졌다. 당시 주민자치센터 3층에서 흉내만 내고 있던 마을문고를 제법 내실 있는 어린이도서관으로 변신시킨 주인공들이었다. 책 관리부터 프로그램 운영까지 모든 것을 자원봉사로 진행하겠다고 약속하고서야 대조동 주민자치센터는 공간을 내줬다. 목마른 자가 판 우물, 꿈나무어린이도서관은 그렇게 문을 열었다.

은평구에 하나뿐인 이 어린이도서관은 인기 폭발이었다. 2층 규모에 번듯하면서도 편하게 다닐 수 있는 위치이고, 무엇보다 나무로 만든 예쁜 공간이라 더 좋았다. 아이들이 몰려들었다. 아이들을 따라 엄마들도 모여들었다. 도서관 봉사도 좋았지만, 함께 모여 책 이야기, 사는 이야기를 나눌 수 있는 동네 친구들을 만나는 즐거움도 컸다. 한번 와본 사람이면 누구든 대조동뿐 아니라 은평구 모든 동마다 이런 도서관이 필요하다고 입을 모았다.

그러던 2006년, 구산동 주민자치센터였던 공간이 하나 빌 예정이라는 소식이 들려오자, 꿈나무도서관 활동가들이 주축이 되어 지체하지 않고 피켓과 책상을 들고 구산역 사거리로 나서 주민 서명을 받기 시작했다. '구산동에 도서관을 지어주세요!' 시작 11일 만에 2,008명이 서명을 했다. 그러나 가난한 은평구는 언제쯤이나 예산을 확보할지 알 수 없었다.

그 사이 꿈나무도서관 활동가들은 새로운 전기를 맞고 있었다. 하나둘 아이들이 초등학교를 졸업했고 엄마들은 어린이도서관과 인연이 옅어졌다. 이대로 헤어질 것인가.

몇 년에 걸쳐 협동조합 공부도 하고 실제 자본을 모은 끝에 갈현동 골목 초입에 15평짜리 '마을엔카페'가 문을 열었다. 일곱 명의 엄마는 의기투합하여 비영리단체 '마을n도서관'을 설립했고 요일을 정해 돌아가며 카페지기가 되었다. 약속 없이 들러도 누군가를 만나고 동네 소식을 들을 수 있는 이 카페는 예상을 뛰어넘는 각종 활동과 교육, 공연, 수많은 모임의 산실이 되었다. 일곱 명 엄마의 희생이 이루어낸 가치, 바로 마을공동체의 형성이었다. 이 카페는 그 뒤로 10년을 더 운영했다.

은평도서관마을협동조합의 탄생

2012년 구청장의 한 비서관이 마을엔카페를 찾아왔다. 주민참여예산제도라는 것이 있는데 이것을 함께 따오지 않겠냐는 것이었다. 2006년도에 구산동 주택가 한가운데 확보한 여덟 필지 공간이 있다는 것이다. 건축비가 없어 그간 놀리고 있던 이 공간에 가장 어울리는 것이 무엇이겠냐고 물었다. 두 말도 필요 없었다. 도.서.관!

그날부터 마을n도서관 활동가들은 며칠 밤을 새워 PPT를 만들었고 기적처럼 주민참여예산 사업으로 선정되었다. 이때의 19억은 도서관 건립의 씨앗자금이 되었다. 이후 청소년힐링캠프와 만화도서관 조성으로 예산이 더해져 받은 참여 예산이 모두 35억이었다. 이제 도서관을 짓는 일만 남았다.

당시 은평구의 대표 도서관은 산꼭대기에 있었다. 예산이 허락한 공간, 산꼭대기. 이제 우리에겐 옆집처럼 편안히 드나들 수 있는 도서관이 필요했다. 그러나 단지 동네의 필요만으론 뭔가 부족했다. '그래, 도서관은 기록의 집합소이기도 하잖아? 한 골목을 그대로 살린다면 그 자체가 동네의 역사, 마을의 기록이 되는거야!' 예산 절감이라는 필요와도 맞아떨어졌다. 빌라 셋, 주택 다섯을 리모델링한다는 콘셉트는 이렇게 탄생했다.

꿈에 그리던 도서관이 들어선다고 하자 마을n도서관 사람들은 마음이 바빠졌다. 다른 구립 도서관들처럼 관이 지어 내미는 것을 손님처럼 앉아서 받는 것은 마을 스타일이 아니었다. 그렇다면? 도서관이 지어지는 과정을 주민들과 함께 축제처럼 즐길 방법은 뭐가 있을까. 지역의 힘이 필요한 순간이었다.

은평구는 이전부터 다양한 활동을 하는 시민단체들이 조용히, 그러나 활발하게 움직이고 있었다. 10년이 지나자 풀뿌리 단체들은 제각기 훌륭한 조직으로 성장했다. 도서관 활동의 중심이 마을n도서관, 건강한 먹거리 운동조직 은평두레생활협동조합, 책문화활동을 펼치는 어린이도서연구회 은평지회, 책과 함께하는 전문 공연집단 문예콘서트, 생태환경 운동조직 생태보전시민모임의 에코상상사업단이 모여 은평도서관마을협동조합(2016년 10월 은평도서관마을사회적협동조합으로 전환, 이하 은도사협)을 결성했다. 주민의 의견을 모으고 힘을 합쳐 나갈 수 있는 중심이 만들어진 것이다.

도서관 만들어지는 과정이 축제의 장으로

주민이 참여하여 도서관을 만들어간다는 것에 구청도 적극적으로 환영했다. 귀찮은 민원인이 아니라 민과 관이 힘을 합쳐 파트너가 되는 순간이었다. 은도사협에서는 주민 중 한 명을 구청 마을공동체 팀으로 파견했다. 2년간 계약직 공무원으로 구청과 주민들의 의사소통을 맡고 온전히 구산동도서관마을 만들기에만 전념하는 이른바 MP(마스터 플래너)가 배치된 것이다. 설계와 건축 과정에 주민 의견을 전달하는 한편 은도사협이 주최하고 구청이 지원하는 각종 행사를 주민들과 기획하고 진행하는 일을 맡았다.

도서관 부지는 2008년 매입 이후로 사람이 살지 않는 폐가였다. 여기에서 축제와 벼룩시장을 열고, 철거 당시 떼어낸 문짝으로 도서관에 들어갈 책상을 만들었다. 폐가에서 공사가 시작되자 이웃이 될 보건소가 지하를 내줬다.

2013년, 이 골목에서 '도서관을 상상하자'라는 축제를 열었다. 반지하 주차장에 북콘서트 무대를 꾸며 노래와 연주를 했고 아이들은 전통놀이를 하며 뛰어놀았다. 인근 주민들은 궁금해서 기웃대며 언제 도서관이 들어서냐고 묻고는 돌아갔다. 이런 축제가 두 번 더 이어졌다. 매번 조금씩 참여하는 사람들이 늘었고 준비하는 인원도 많아졌지만, 여전히 도서관이 생긴다는 것을 모르는 사람들이 더 많았다. 어떻게 하면 사람들에게 도서관을 알리고 관심을 갖게 할 수 있을까 청소년 벼룩시장을 열고, 구산동축제나 은평누리축제 등 구산동도서관마을을 알릴 수 있는 자리라면 어디든 갔다.

2013년 9월부터 이듬해 12월까지 은도사협 주최로 도서관에서 활동하고자 하는 학부모, 주민들을 대상으로 다섯 차례에 걸쳐 도서관마을학교를 열었다. 1회차마다 7주간 강의했다. '동화책의 이해', '청소년, 책으로 만나다', '예술도서관을 상상하다', '여성의 눈으로 마을 보기' 등 도서관과 마을, 도서관과 공동체에 관한 내용이었다. 도서관마을학교가 끝나고 이 과정을 수료한 수강생들은 훗날 은평구 곳곳을 누비는 활동가가 되었다. 도서관에서, 학교에서, 마을공동체의 각종 단체에서 중추가 되는 활동가를 배출한 셈이었다.

주민참여로 만든 도서관

도서관은 아직 건설 중이었지만 앞으로 도서관에서 활동할 주민동아리를 먼저 만들었다. 구청이 예산을 책정하여 '구산동도서관마을 주민동아리 지원사업'을 펼쳤다. 책읽는 동아리, 그림자극 동아리, 인근 구산초등학교 명예 사서들로 만들어진 학부모 동아리 '책고리', 만화 동아리, 보드게임 동아리 등 모두 7개의 동아리가 활동을 시작했다.

동아리원이 함께 돌려 읽을 책을 사고, 프로그램에 필요한 재료를 준비하고, 보드게임을 사고, 회의가 끝나면 함께 밥을 먹는데 그에 필요한 활동비를 구청이 지원했다. 자기들이 좋아서 만나는데 돈을 댔다고? 이것이 마을공동체다. 밥 정(情)을 쌓는 일만큼 중요한 게 있을까? 함께 만나 도서관을 논의하고 의견을 내고 구산동도서관마을이라는 글자가 붙은 모든 동네 행사에 힘을 보탰다. 이들은 훗날 도서관의 직원이 되고, 동아리를 발전시켜 사회적 기업을 만들기도 했다. '밥정'이 이루어낸 결과물이었다.

‘책에 관한 토크, 먹으며 하는 토크’라는 뜻의 ‘책톡먹톡’이라는 주민 공연을 1회씩 총 다섯 번을 열었다. 만화, 가을, 편지 등 매월 주제를 정해 플래카드를 걸고 참여할 주민을 모집했다. 어르신들 하모니카 팀, 유치원 어린이들의 노래, 서툰 바이올린을 연주하는 초등학생, 편지를 들고 와 낭송하는 남성, 색소폰을 연주하는 동네 카페 사장님⋯. 관객들은 돌아가며 시 낭송을 하고 주민동아리들은 각자의 특성을 살린 프로그램으로 한 코너를 꾸몄다. 그림자극을 공연하고, 그림책을 읽어주고, 보드게임을 진행하는가 하면 한편에선 목공 체험 부스를 열어 독서대를 만들기도 했다. 공연이 끝나고 나면 떡과 과일을 나눠 먹으며 도서관의 청사진을 놓고 기대에 부풀었다. 우리 도서관이 들어서기만 하면 얼마나 할 것들이 많을까.

아이들이 주인이 된 공간

구산동은 인근에 초·중·고 11개의 학교가 밀집된 지역이다. 도서관을 아지트로 청소년들이 생기발랄한 활동을 펼쳐나가는 일은 많은 도서관활동가의 꿈이었다. 도서관과 가장 근거리에 있는 다섯 곳의 중·고등학교에 설문지를 돌렸다. 도서관이 들어선다면 가장 관심을 가질 만한 활동, 도서, 공간에 대한 질문이었다. 설문지 마지막엔 청소년운영위원회가 만들어질 경우 활동할 의사가 있는 학생들은 연락처를 남기라고 했다.

그렇게 해서 2013년 12월, 43명의 학생이 구청 대회의실에 모였다. 그 후 몇 번의 워크숍을 거쳐 11명의 아이들이 남았다. 아이들은 도서관 공사장 가림막에 벽화를 그리고 이곳에 도서관이 들어선다는 표시를 했다. 책톡먹톡이나 한겨울 추위를 뚫고 진행된 벼룩시장 등 모든 도서관 홍보 행사에서 진행요원을 자처했다. ‘도서관이 들어서면 이걸 할 거예요, 저렇게 꾸밀 거예요’라며 자신들의 홈그라운드가 빨리 완공되기를 손꼽아 기다렸다.

그렇게 시작된 청소년운영위원회는 현재 12기를 맞이했다. 중등 14명, 고등 14명 총 28명의 청운위원이 활동 중이다. 청소년자료실의 공간 운영에 의견을 내고, 도서관의 벽을 꾸민다. 청소년이 중심이 되는 각종 프로그램을 함께 기획하고 준비한다. 아이들은 생각보다 훨씬 진지하고 성실하게 움직인다. 가장 놀라운 일은 이 모든 것을 자발적으로 한다는점이다.

서로 닮아가는 마을과 도서관

2015년 6월 드디어 도서관이 완공되었다. 이곳은 은평구의 다른 구립 도서관과 달리 처음부터 주민이 주도해 만든 공간이다. 주민이 운영의 주체가 되고 민주적인 의사결정을 이어가기 위해 지역의 여러 단체가 모여 은평도서관마을협동조합을 만들었다. 그 결과, 주민이 만든 도서관이라는 타이틀에 맞게 협동조합이 운영을 위탁받는 첫 사례로 이어졌다. 마을과 함께 성장하고 만들어진 도서관, 마을공동체의 산실, 그 꿈을 실현할 수 있는 길이 열린 것이다.

동네에 도서관이 하나 있다는 것, 그것은 좋은 책을 만나고, 이웃을 알게 되고, 그들과 함께 오래도록 살고 싶어진다는 것이다.

그로부터 10년이 흐르는 동안 이곳은 자연스럽게 마을 주민 일상의 중심이 되었다. 이곳은 누군가의 추억이 쌓이고 새로운 관계가 이어지는 장소가 되었다. 어느새 도서관은 마을을 닮고 마을은 도서관을 닮아가고 있다.

남아있는 것들로 짓다

최재원 건축가

우리나라 도서관은 대개 도시의 변두리나 공원 한편에 세워졌다. 남는 부지를 활용하는 행정의 관성 탓에 사람들의 삶과는 거리를 두기 일쑤였다. 그래서 많은 도서관은 번듯한 외형과 달리 일상 속으로 스며들지 못했다. 높은 언덕길을 오르거나 황량한 공원의 끝에 다다라야 비로소 만날 수 있는 공간. 지식의 보고임에도 생활의 중심에서는 늘 비켜 서 있던 이유였다.

구산동도서관마을은 이러한 오래된 습관을 정면으로 거스른 사례다. 은평구청은 주변에 학교는 많지만 공공도서관이 하나도 없는 현실에 주목했고, 낡은 단독·다가구 주택이 밀집한 구산동 골목 한복판을 도서관의 자리로 선택했다.

2006년 주민들의 서명으로 시작된 도서관 건립 운동은 2008년 은평구청의 부지 매입으로 이어졌고, 2012년 주민참여예산을 통해 사업이 본격화되면서 2014년 첫 삽을 뜰 수 있었다. 2015년 은평도서관마을협동조합이 운영을 맡으며 문을 연 이 도서관의 개관식에는 동네 주민들이 가득 모였다.

건축적 성과 역시 주목받았다. 2016년 대한민국 공공건축 대상과 서울시 건축상 대상을 수상하며 그 가치를 인정받았고, 이후 구산동도서관마을은 은평을 대표하는 공간으로 자리 잡았다. 전국의 공공도서관 사서와 민관협치, 마을공동체에 관심 있는 이들의 발걸음이 끊이지 않았고, 건축학과 학생들에게는 필수적인 견학 코스가 되었다.

이 공간을 설계하고 지었다는 사실은 10년이 지난 지금도 여전히 건축가로서의 시

간 속에 또렷하게 남아있다. 단순히 하나의 건물을 만든 경험이 아니라, 도서관이 삶의 한가운데로 들어올 수 있음을 증명했던 순간이었기 때문이다.

마음을 움직인 공공건축의 출발

이때가 짧은 커리어 중 가장 두근거리며 일하던 때였다. 이후 여러 공공건축을 설계했지만, 여전히 이름 앞에 '구산동도서관마을을 설계한 건축가'라는 수식어가 붙는다. 그만큼 특별한 프로젝트였다. 이번에 다시 도서관을 찾았을 때, 처음 모습 그대로 잘 유지되고 있는 걸 보고 매우 고마웠다. 건물은 여전히 젊었고 그 시간을 지나왔다는 게 신기했다.

구산동도서관마을은 보통의 공공건축 공모와는 전혀 달랐다. 형식적인 문구 대신 주민 한 사람 한 사람의 바람이 빼곡히 담겨 있었다. '우리 마을에는 이런 도서관이 있었으면 좋겠다'라는 구체적이고 따뜻한 소망들이 느껴졌다. 순간, 이 프로젝트는 꼭 해보고 싶다는 생각이 들었다. 설계비도 적고 리모델링이라 어려운 점이 많았지만, 주민의 뜻을 실현해보자는 열망이 컸다. 당시 〈구산동도서관마을 기본계획 연구용역보고서〉가 큰 도움이 되었다. 주민들의 요구와 감정을 그대로 읽어낼 수 있었다.

여러 채의 건물을 하나로 묶는 법

공모의 핵심은 '여러 채의 건물을 각각의 주제로 쓰는 도서관'이었다. 그러나 우리는 건물들을 하나의 흐름으로 묶었다. 기존 골목길을 실내로 끌어들여 외벽을 그대로 노출하고, 복도를 따라 걸으면 마치 마을의 골목을 걷는 듯한 구조로 계획했다. 옛집의 방에서 책을 고르고 책을 읽고 다시 복도를 따라나가는 그 동선 자체가 하나의 이야기처럼 이어지길 바랐다. 심사 위원 중엔 너무 과감하다는 반응도 있었지만, 결국 '하나로 묶은 아이디어'가 높은 평가를 받았다. 사실 당선 소식을 들었을 때는 우리도 놀랐다.

예산이 충분하지 않았기에 대부분 기존 건물을 리모델링해야 했다. 신축 건물은 오히려 연결의 매개가 되었다. 기존 건물의 외벽을 내부로 끌어들여 '골목의 기억'을 담은 복도를 만들었고 그 복도를 따라 옛 벽돌, 창문, 문턱이 그대로 드러나도록 했다. 흔적을 따라 걸으며 마을의 시간을 느낄 수 있도록 했다. 도서관은 구획된 공간이 아니라 열린 흐름의 공간으로 누구나 마을을 거닐 듯 머물고 쉴 수 있는 장소가 되길 바랐다.

도서관 안에는 55개의 방이 있다. 각각의 방이 도서관의 기본 단위이자 '마을의 셀'이 되었다. 이 방들은 단순한 공간이 아니라 주민들의 삶과 이야기가 이어지는 장이다. 옛 주택의 방이 사랑방이 되고 주차장이 멀티미디어실이 되었으며, 골목은 서가로, 거실은 토론방으로 바뀌었다. 그 공간들은 여전히 비어 있는 듯하지만, 주민들의 발걸음과 대화로 하나씩 채워지고 있다.

주민참여형 건축의 모범 사례로 남다

이 프로젝트의 가장 큰 특징은 '참여'다. 주민들은 단순한 이용자가 아니라 설계의 동반자였다. 당시 씨앗 도서관 활동을 하던 분들이 직접 의견을 주셨고 설명회와 답사를 함께했다. 무엇보다 행정과 주민을 연결하는 마스터 플래너의 역할이 컸다. 설계 기간이 짧았지만 빠르고 효율적인 의사결정이 가능했다. 건축가는 도면을 그리는 사람이 아니라 주민의 바람을 현실의 공간으로 조직해내는 조율자였다고 생각한다.

10년이 지난 지금도 여전히 이 공간이 주민들에게 사랑받는 걸 보면 정말 감사한 마음뿐이다. 구산동도서관마을은 완성된 건물이 아니다. 주민들이 계속 덧입혀가고 이야기를 더해가는 '진행형의 공간'이다. 벽돌 하나, 발코니 하나에도 그 시절의 시간이 남아있다. 새로움을 덧입히되 그 위에 남아있는 것을 지워버리지 않는 것. 그것이 우리가 생각하는 도시재생 건축이다. 결국, 건축은 공간과 시간, 사람의 기억을 잇는 일이라고 생각한다.

최재원 건축가는 구산동도서관마을을 시작으로 풍기읍사무소, 영도코워킹스페이스 등 지역의 이야기가 공간 속에서 다시 살아나는 건축을 지향하며 '플로건축사사무소'를 운영 중이다.

골목을 탐험하듯 걷는 도서관

붉은 벽돌로 지어진 오래된 빌라들 사이 골목길. 도서관이 있을 것이라고는 예상되지 않는 좁은 길을 지나 하얀 벽돌과 이어진 노란 벽돌로 쌓은 커다란 창이 보인다. 정문을 들어서면 천장이 낮아 옛집처럼 보이는 안내 데스크에서 사서가 방문객을 반긴다. 고개를 돌리면 한눈에 다 담기지 않는 도서관의 내부 모습들이 눈에 들어온다.

낮은 천장의 정문을 들어서면 방금 지나온 골목길이 도서관 서가와 서가 사이에 자리 잡고 있다. 분명히 실내로 들어왔는데 실외인 느낌. 오른쪽을 돌아보자. 깊숙한 마을마당에서 이어진 높은 천정과 하얀 그물망으로 가려진 층별 서재 사이로 책이 가득하다. 90년대 건물을 지을 때 썼던 붉은 벽돌집 베란다가 한눈에 들어온다. 옆에는 2000년대에 지어진 하얀 대리석벽 집이 있다. 즉 계단과 골목을 사이에 두고 90년대 건물과 2000년대에 지어진 건물들이 붙어있는 것이다.

오른쪽에는 붉은 벽돌 발코니, 수십 개의 창문이 달린 흰 벽과 반 층 아래, 마을마당에 생경하게 놓인 빨간 공중전화 부스까지. 순간 '여기가 도서관 맞아?' 하는 의심이 스멀스멀 올라온다. 더 둘러보면 예전 주택과 골목을 그대로 살려 리모델링한 건물로 여러 채의 집이 합쳐져 도서관이 되었다는 것을 쉽게 알아챌 수 있다. 아~ 그래서 마을도서관이 아니라 도서관마을이라는 이름이 붙은 거구나!

길처럼 이어지는 공간의 구조

건물 구조는 미로 같다. 계단을 오르다 보면 어느새 붉은 벽돌벽이 회색 화강암 벽으로 바뀌고 예상하지 못한 곳에 계단이 불쑥 나타난다. 층마다 분위기도 달라서 지금 내가 몇 층에 있는지 자주 헷갈린다. 마치 탐험 게임을 하는 기분이다. 도서관을 천천히 걷다 보면 서가가 아닌 옛 골목을 걷는 느낌이다. 집마다 있던 방들은 아기자기한 열람 공간으로 다시 태어났다. 거실은 넓은 독서실이 되고, 안방은 편안한 소파가 놓인 휴식 공간이 되고, 공부방은 여전히 아이들이 노는 어린이 도서관으로 변신한다.

위층으로 올라가려면 엘리베이터와 계단을 이용한다. 층마다 세 채의 빌라에 있던 계단이 그대로 남아 양쪽 복도를 이어준다. 복도와 계단이 건물과 건물을 잇고 있다. 계단을 빙빙 돌아 올라가다 보면 3층이 나오고 4층이 나오고 각 층 야외 마당으로 연결된다. 2층 어린이자료실 앞에는 작은 갤러리가 있다. 주민들이 그린 그림이나 지역아동센터 아이들이 만든 손뜨개를 전시하기도 하고 은평구 예술가들이 작품을 보여주기도 하는 공간이다.

갤러리가 있는 2층에서 3층으로 올라가는 계단에는 도서관의 옛 모습과 현재 모습이 담긴 사진들이 전시되어 있다. 한 계단 한 계단 오를 때마다 내가 서 있는 곳의 옛 모습을 그릴 수 있다.

청소년자료실이 있는 3층은 구석구석 혼자 앉을 수 있는 공간이 많은 곳이다. 벽과 벽 사이에 의자가 있어 구석에 콕 박혀 책만 보고 있기에 딱 좋다. 청소년 문학 서가 안쪽에는 작은 평상이 있어 나만의 책 공간으로 활용하기 좋다. 방처럼 생긴 열람 공간, 청소년 아지트라고 이름 붙여진 공간에도 앉아 있기 편안한 좌석이 곳곳에 있다.

3층 책 복도를 지나 힐링캠프로 가다 보면 힐링캠프를 가리키는 안내판 앞에 북큐레이션 코너가 보인다. 도서관에서 강연하거나 독서 프로그램을 진행할 때 주제에 맞춰 사서들이 책을 추천하는 등 북큐레이션이 열리는 공간으로 도서관 동아리의 활동을 전시하기도 한다. 보통 도서관에는 관심 있는 책을 정해서 찾아오는 사람들이 많은데, 도서관에서 추천하는 책을 선물처럼 받아보는 것도 도서관을 찾는 즐거움 중 하나다. 구산동도서관마을은 매월 하나의 주제를 정해 6개의 자료실에서 동시에 북큐레이션을 진행하는데, 어린이·청소년·성인 등을 대상으로 매우 다양한 관점에서 책을 추천하고 있다.

4층으로 올라가면 이번엔 ‘마을’이 중심에 놓여 있다. 도서관이 책을 대출하고 반납하는 기능도 하지만 내가 사는 동네의 삶을 기록하고 보관하는 아카이브가 되어가고 있다. 은평구의 역사와 사람들, 지역 언론에서 시작해 주민들이 직접 쓴 책과 생활의 흔적까지 차곡차곡 쌓인다. 사서들은 책만 정리하는 게 아니라 이웃을 만나고 인터뷰하며 은평의 이야기를 수집한다. 그러다 보니 책 속에서도, 도서관 벽면에서도 마을의 온기가 느껴진다.

열람실이 없는 도서관의 풍경

요즘 새로 짓는 도서관들을 보면 고급스러운 카페처럼 짓는 곳도 많아졌지만 10년 전만 해도 도서관에는 길게 이어진 책상과 의자, 이른바 열람실이 당연히 있다고 생각했었다. 구산동도서관마을은 건립 초기부터 ‘열람실 중심의 도서관’이 아닌 ‘서가를 거닐다 책을 읽는 곳’으로 기획되었다. 그래서인지 줄지어 책상과 의자가 늘어선 공간을 찾을 수 없다. 대신 복도 끝, 창가 옆, 계단 밑이 보이는 곳마다 책 읽는 자리가 있다. 적당한 자리에 앉으면 된다. 누군가는 고요히 시집을 읽고 또 다른 이는 친구와 함께 만화책을 넘기며 웃음을 터뜨린다.

구산동도서관마을 종합자료실은 여느 공공도서관과는 구조가 다르다. 문 하나를 열면 끝도 없이 서가가 보이는 것이 아니다. 정문을 열고 들어오면 1층부터 4층 골목이 모두 종합자료실로 불린다. 마당이 보이는 1층을 지나 3층에 올라가면 힐링캠프에서는 인문학 강연이 진행되고 영화가 상영된다. 드로잉 수업이 열리기도 한다.

그중에서도 가장 많은 사랑을 받는 공간은 1층 ‘마을마당’이다. 5층까지 뚫린 높은 천장은 작은 로비에 숨결을 불어넣고, 사각의 창문마다 다른 빛으로 쏟아지는 햇살은 책을 읽는 이들의 어깨를 따뜻하게 덮는다. 야트막한 계단에 앉아 책장을 넘기다 보면

독립출판물
숲으로 가자

이곳이 도서관인지 마을의 광장인지 잠시 헷갈릴 정도다. 아이들 걷는 소리와 책장 넘기는 소리, 때로는 기타 선율까지 뒤섞여 흘러나오는 풍경은 이 도서관이 열람실 대신 마을의 거실이 되었다는 사실을 잘 보여준다.

공간에 스며든 읽기의 의미

분위기를 더욱 특별하게 하는 건 공간에 담긴 메시지다. 벽면에는 고(故) 신영복 선생의 글씨 '書三讀(서삼독)'이 걸려 있다. 글자를 읽고 필자의 생각을 읽고 마지막으로 자신을 읽어야 한다는 뜻. 책장을 넘기는 순간마다 단순히 문장을 따라가는 것이 아니라 사람과 사람, 삶과 삶을 읽어내는 경험이 스며든다. 그래서 이곳에서의 독서는 언제나 관계와 성찰로 확장된다.

확장은 곧 도서관을 넘어 마을로 이어진다. 작가와의 만남, 특별 전시, 퀴즈 프로그램, 그림책 테라피 같은 행사는 아이와 부모, 청소년과 어르신을 한자리에 불러 모은다. 세대가 달라도 함께 책을 매개로 시간을 나누고 웃음과 이야기로 하루를 채워간다. 연체 도서를 반납하면 대출정지를 즉시 풀어주는 '신박한 연체 정리'처럼 유쾌한 아이디어도 빠지지 않는다. 책과 주민 사이의 거리를 조금 더 가깝고 즐겁게 좁혀주는 방식은 이 도서관만의 장치다.

이렇듯 종합자료실은 단순히 조용히 머무는 공부방이 아니다. 열람실을 비워둔 대신 도서관은 사람들의 웃음과 발걸음, 햇살과 음악으로 가득 채웠다. 그래서 이곳에 들어서는 순간, 도서관은 이제 고정된 공간이 아니라 마을과 함께 살아 숨 쉬는 경험이 된다. 어울림과 배움, 나눔이 뒤섞여 흐르는 자리, 바로 구산동도서관마을의 풍경이다.

우리 동네 만화 아지트

구산동도서관마을 만화자료실은 개관 전부터 기대가 많았던 곳이다. 많은 주민이 도서관에서 만화를 보고 싶다는 제안으로 실현된 공간이기 때문이다. 그 명성에 걸맞게 만화자료실은 개관 초기부터 만화책을 좋아하는 가족들에게 아지트 역할을 톡톡히 해왔다. 주말이면 아빠와 딸이 함께 〈원피스〉, 〈나루토〉, 〈드래곤볼〉, 〈슬램덩크〉 같은 레전드 만화를 고르며 세대 차이를 넘어 공감과 추억을 나눈다.

만화자료실에는 9천여 권의 만화가 있다. 등록문화재로 지정된 만화의 복간본부터 아이들에게 인기 많은 교양 학습만화, 드라마나 영화로 사랑받는 원작들의 웹툰, 예술성과 문학성이 뛰어난 그래픽 노블, 마블·DC 시리즈까지 다채로운 장르 구성을 자랑한다.

또 주민들이 스스로 창작자가 되는 경험도 할 수 있다. 그 중심에는 2017년부터 운영해온 '삼박자웹툰교실'이 있다. 만화를 보는 데서 한 걸음 더 나아가, 직접 스토리를 구상하고 캐릭터를 창작해 자신만의 웹툰을 완성한다. 완성된 작품은 친구나 가족과 나누는 특별한 경험으로 이어진다.

구산동도서관마을 만화자료실은 세대와 장르를 가로지르는 이야기의 공간이자 참여와 창작을 통해 새로운 경험을 선사하는 특별한 장소다. 주민들의 작은 소망에서 출발한 이 공간은 많은 이들에게 즐거움과 추억을 빚어내는 문화의 장으로 자리 잡았다.

구산동도서관마을
미디어교육실

청소년들이 직접 그린 창작공간

도서관에는 책장만 있을 걸로 생각하기 쉽다. 하지만 1층 미디어교육실에 발을 들이는 순간, 파란 벽과 만화 캐릭터들이 반기는 풍경에 고개가 절로 갸웃해진다. 이곳은 강의실이자 창작실 그리고 작은 전시장이다. 도서관 1층 미디어교육실은 하얀 벽만 있어 단조로운 데다 빌라 지하 주차장을 리모델링한 곳이라 답답한 느낌이었다. 하지만 이곳은 만화가 소공 작가와 청소년 동아리 '자치동갑'의 청소년들을 만나 생동감 있는 공간으로 변신했다. 청소년들의 자발적인 참여로 뜻깊은 공간이 탄생한 것이다. 재료비 정도의 적은 예산으로 몇 달간 아침부터 저녁까지 애쓴 덕분에 미디어교육실은 구산동 도서관마을의 독특한 창작 공간이 되었다. 벽에는 고양이와 물고기가 등장해 창밖을 구경하거나 의자에 앉아 사람들의 동작을 따라 하는데, 현실과 상상의 경계가 절묘하게 뒤섞여 있다. 덕분에 수업을 들으러 온 학생들은 강의실에서 배우는 동시에 그림 속에 들어온 듯한 기분을 느낀다.

삼박자웹툰교실에서는 웹툰 수업은 단순히 그림을 배우는 데 그치지 않는다. 디지털 툴을 활용해 이미지를 다루고 자기 생각을 그림과 영상으로 표현하는 방법을 익힌다. 연말이면 학생들이 직접 만든 만화책이 교실 앞에 진열된다. 처음엔 모니터 속 작가를 따라 그리던 아이들이 어느새 자신만의 캐릭터와 이야기를 만들어내는 순간이다.

수업을 담당하는 소공 작가는 '아이들이 부스스한 머리에 슬리퍼를 끌고 들어와 수업을 듣는다.'라고 웃으며 말한다. 그 말처럼 미디어교육실은 문턱이 없는 공간이다. 그냥 들어와 앉아도 되고 하다못해 수업이 끝난 후 사진을 찍어 가고 싶을 정도로 편안하다. 진지한 표정으로 그림을 그리는 모습도, 수줍게 낙서하다 웃음을 터뜨리는 모습도 모두 이 벽에 새겨져 있다.

이 교실은 단순한 강의실이 아니라 아이들과 주민들이 상상을 현실로 옮기고 그 과정을 함께 즐기는 놀이터에 가깝다. 책장에서 시작된 배움이 이제는 파란 벽과 만화 캐릭터 속에서 이어진다. 도서관이 품을 수 있는 상상의 크기가 얼마나 넓은지 이곳에서 누구나 직접 경험하게 된다.

도서관에서 만화를 그린다고?

소공

구산동도서관마을과의 인연은 개관 기념 전시에서 시작되었다. 내가 만든 만화 〈철학고양이 요루바〉를 주제로 한 테마 전시였다. 그것을 계기로 통해 도서관에서 웹툰교실을 열자는 이야기가 나왔고 2017년부터 삼박자웹툰교실의 문을 열었다. 이름처럼 '보고, 그리고, 나누는' 세 박자가 어우러지는 수업이다.

코로나 시기에는 잠시 쉬어가야 했지만 다시 문을 연 후 오히려 인기가 높아졌다. 강의실을 예쁘게 꾸미고 수강생들의 작품을 전시하자 지나가던 주민들이 발걸음을 멈췄다. "도서관에서 이런 것도 해?"라며 놀라워 했다. 이곳에서 탄생한 학생들의 그림들을 엮어 작품집을 출간하기도 한다.

웹툰교실의 하루는 매주 일요일 오전 10시에 시작된다. 아침잠에서 겨우 눈을 뜬 학생들은 머리에 베갯자국을 그대로 남긴 채 교실로 들어온다. 꿈나라 표정으로 만화를 그리는 학생들을 보면 나도 모르게 웃음이 터진다. 그런데도 그들의 집중력은 놀랍다. 아직 어린 학생들인데도 만화를 대하는 태도는 프로와 다르지 않다.

이 교실이 제대로 자리 잡을 수 있었던 데는 담당 사서의 공이 크다. 처음엔 기초반과 디지털 창작반 구분 없이 수업을 진행하느라 강사인 나도 학생들도 힘들었다. 하지만 반이 나뉘고 사서가 편집자처럼 학생들의 원고를 검수하면서 수업의 질이 달라졌다. 담당 사서 선생님은 맞춤법부터 말풍선 위치까지 꼼꼼히 살펴주고 완성된 원고를 스캔해 작품집으로 엮어준다. 지금의 웹툰교실 퀄리티는 그의 도움 없이는 불가능했을 것이다.

처음엔 그림을 잘 그리는 학생들이 앞서 나가지만 시간이 지나면 반전이 일어난다. 그림은 평범하더라도 이야기를 재미있게 풀어내는 학생들이 빛을 발한다. 특히 만화를 많이 본 친구들은 스토리텔링이 풍부하다. 물론 그림에 자신 있던 친구들도 만화적 구성을 배우며 한 단계씩 성장한다.

학생들의 작품을 읽다 보보면 나도 모르게 빠져 든다. 그래서일까, 종종 학생들의 이름보다 작품 제목이 먼저 떠오른다. '중학생에게 일상툰은 무리', '편집자의 일상', '백조 사서의 일상' 같은 작품들은 그들의 삶이 고스란히 담겨있어 오래 기억에 남는다.

웹툰교실을 운영하는 데 아쉬움도 있다. 디지털 드로잉 기기가 한 대뿐이라 많은 학생이 종이에 그린 뒤 스캔해서 작업해야 한다. 만약 장비가 좀 더 갖춰진다면 더 많은 학생들이 디지털 드로잉 툴을 직접 익혀서 더 다양한 작품을 만들 수 있을지 않을까 싶다.

올해 우리는 한발 더 나아갔다. 직접 그린 만화를 바탕으로 시나리오를 쓴 후, 단편 영화로 제작하는 어린이 영화 제작 워크숍을 열었다. 그 결과 아주 멋진 어린이 단편영화가 탄생했고, 그 영화는 구산동도서관마을 유튜브에서 누구나 볼 수 있다. 아이들 역시 만화자료실은 아이들과 함께 지금도 앞으로 나아가며 자라고 있다.

도서관은 단순히 책만 읽는 공간이 아니다. 희망이 책을 넘어 그림과 이야기, 창작으로 이어지고, 희망이 현실이 되는 마당이다. 나는 구산동도서관마을에서 그 과정을 지켜보고 함께 만들어왔다. 앞으로도 이 도서관이 아이들과 주민들에게 새로운 세상을 열어주는 공간이 되기를 바란다.

소공은 애니메이션 <떴다 그녀!!>, 만화 <철학고양이 요루바> 시리즈를 그린 웹툰 작가로, 2010년 대한민국 콘텐츠 어워드 특별상 을 수상했다. 구산동도서관마을에서 8년째 삼박자웹툰교실을 운영 중이다.

하고 싶은 건 다 하는 어린이회

어린이자료실은 우리 동네 아이들이 모이는 곳이다. 이곳은 방학이면 독서 캠프의 숙소가 되고, 주말이면 그림책 읽기 모임과 토론 동아리의 장소가 된다. 이렇게 책과 사람이 뒤섞이며 도서관은 학교도 놀이터도 아닌 '제3의 집'이 된다.

도서관의 어린이 프로그램은 지역의 독서활동가를 비롯한 다양한 분야의 활동가들과 사서들이 함께 힘을 모아 만든다. 이 과정에서 아이들은 단순한 참여자가 아니라 의견을 내고 활동을 이끌어가는 주체로 성장한다. 이러한 경험을 바탕으로 초등 고학년 아이들이 기획하고 운영하는 '어린이회'가 만들어졌다.

아이들은 어린이회를 통해 자신의 목소리를 내고 남을 존중하는 경험을 쌓는다. 책 읽기를 넘어 자기 목소리를 찾고 친구들과 협력하며 성장하는 것이다. 구산동도서관마을에 어린이회가 생기기 전에는 아이들 대다수가 고학년이 되면 어린이실을 떠나야 한다고 생각했다. 그러나 어린이회가 생긴 이후 초등 고학년이 되어도 도서관에서 할 수 있는 것이 많다는 것을 알게 되었다. 어린이회는 도서관에서 하고 싶은 일 목록을 정해 매달 실천하며 즐겁게 지낸다.

어린이회 6학년 아이들은 벌써 걱정이 많다. 중학생이 되어도 여기 계속 있을 수 없느냐고 묻는다. 중학생이 되면 청소년운영위원회 활동을 할 수 있다고 알려주지만, 당장은 헤어짐이 아쉬울 따름이다. 어린이회가 생긴 지 2년, 아이들은 어린이회 활동을 하면서 정말 해보고 싶은 일은 다 해본 것 같았다.

1월 2기 어린이회의 시작은 회원 선발 회의였다. 졸업을 앞둔 6학년 아이들과 곧 최고 학년이 될 5학년 아이들이 모여 '어린이회를 꼭 하고 싶어 하는 아이들을 만나고 싶어!'라는 마음으로 열띤 토론을 벌여 새로운 회원을 뽑았다.

2월 신입 어린이회 회원들과 첫 회의를 했다. 도서관에서 하고 싶은 일 10가지를 정리하고, 작년에 즐겁게 한 활동과 올해 새롭게 도전할 계획을 세웠다. 도서관에서 하고 싶은 일 목록만 봐도 설렜다.

3월 무엇보다 먼저 어린이회 회원끼리 친해져야 한다는 생각에 같이 밥을 먹기로 했다. 각자 반찬을 싸 와서 큰 양푼에 넣고 비빈 비빔밥 한 끼로 회원들의 마음의 거리가 훌쩍 가까워졌다. 친구들과 함께 먹으니 밥이 더욱 맛있어 평소 먹던 양의 두 배 이상을 먹었다.

4월 도서관 힐링캠프에서 운동회를 했다. 운동회를 하는 동안 함께 뛰고 팀을 짜서 게임을 하다 보니, 어느새 훨씬 더 가까워진 것 같았다.

5월 작년 어린이회 활동 중 회원들이 가장 기억에 남는 활동으로 꼽았던 '책놀이 한마당'을 열었다. 책놀이 한마당은 도서관 주차장에 색분필로 그림을 그린 후 물로 지우는 것인데, 작년 못지않게 즐거운 시간이었다.

6월 집에서 안 쓰는 물건들을 가져와 어린이자료실에서 직접 파는 '아나바다 장터'를 열었다. 아나바자 장터 수익금으로 고생한 아이들과 간식을 사 먹고, 남은 돈은 태양과바람에너지협동조합에 기부했다. 우리가 번 돈으로 기부까지 했다는 사실이 뿌듯했다.

7월 어린이회가 손꼽아 기다리던 '1박 2일 캠프'를 준비했다. 진행할 프로그램을 계획하고, 누가 어떻게 할지 역할을 분담하고, 게임도 미리 했다. 캠프 준비부터 정말 재미있었다.

8월 드디어 '1박 2일 캠프'를 열었다. 도서관에서 게임을 하고, 어린이회 중간 점검을 하고, 밤에 익숙한 동네를 걷고, 신나게 먹고 떠들며 밤을 보냈다. 아침이 되어 '돌아오는 겨울에 1박 2일 캠프를 또 하자'고 이야기했다.

9월 어린이회 이름으로 영상 공모전에 도전했다. 도전 작품은 사이버 폭력을 주제로 아이들이 겪은 이야기를 담은 이야기이다. 비록 공모전에서 수상하지는 못했지만, 회원들이 함께 기획하고 촬영한 시간이 즐거움으로 남았다. 완성한 영상은 도서관 블로그에 올려두었다.

10월 어린이회가 도서관의 어린이자료실 이야기방을 직접 꾸미기로 했다. 아이디어를 모아 함께 장식을 열심히 만들고, 오리고, 붙였다. 만들 때는 너무 힘들었는데, 꾸며 놓고 보니 생각한 것보다 더 아기자기하고 예뻐서 뿌듯했다.

11월 어린이회가 기다리고 기다리던 '동아리 한마당'이 열렸다. 행사장에서 중학교 선배들과 함께 그림책을 읽고 퀴즈를 푸는 부스를 운영했다. 부스 준비 과정에서부터 부스 운영까지 모든 순간이 즐거웠다.

12월 어린이회 회원들이 1월에 처음 만나 활동 계획을 세우고 매달 다양한 활동을 했는데, 벌써 마지막 달이라는 것이 아쉽다. 내년에는 더 많은 아이들이 어린이회에 참석해 즐겁고 행복한 시간을 보냈으면 좋겠다.

어린이회가 쌓아온 시간은 단순한 활동의 기록을 넘어, 아이들 스스로 기획하고 함께 만들어가는 힘을 키워온 과정이다. 어린이회가 아이들에게 도서관을 '이용하는 곳'이 아니라 '함께 만들어가는 곳'으로 느끼게 해준 것이다.

앞으로도 아이들은 자신의 목소리를 내고 서로의 생각을 존중하며 자라날 것이다. 사서들은 그 곁에서 아이들의 이야기에 귀 기울이고, 그 가능성이 이어지도록 돕는다. 어린이회가 아이들에게 즐거운 기억으로 남고, 스스로를 발견하는 출발점이 되기를 바란다.

우리 동네 갤러리

작은 방이 55개나 된다. 도서관은 지난 10년간 꾸준히 변화해왔다. 골목의 집들을 이어 붙이듯 만들어 공간은 처음의 형태에 머물지 않고 이용자들의 움직임과 필요에 따라 조금씩 쓰임을 달리해왔다. 2층 어린이자료실 맞은편에 자리한 작은 방 역시 그런 변화의 한 장면이다. 한때는 어린이들을 위한 만화책이 빼곡히 꽂혀 있던 공간이었지만, 만화자료실이 4층으로 옮겨간 뒤 그 자리가 비어 새로운 쓰임을 기다리고 있다.

이후 그 곳은 나무 패널로 단정히 마감되고 조명이 더해지면서 전시 공간으로 다시 태어났다. 규모는 크지 않지만 오히려 그 아늑함 덕분에 작품과 더 가까이 마주할 수 있는 장소가 되었다. 꼬불꼬불 이어진 도서관의 길을 따라 걷다 보면 2층 복도 끝에서 자연스럽게 마주하게 되는 이 갤러리는 일상 속에서 예술을 만날 수 있는 쉼표 같은 공간이다.

이곳에서는 구산동에 거주하는 그림책 작가의 원화를 비롯해 수채화와 연필화 등 지역 모임의 작품들이 차례로 걸렸고, 도서관과 연계된 예일디자인고등학교 시각디자인과 학생들의 연계한 작품들도 소개되었다. 지역의 창작자들이 만들어낸 다양한 작품을 가까이에서 만날 수 있다는 점에서 이 작은 방은 도서관 안 또 하나의 창이 되어 주었다.

그동안 이 공간을 채워온 전시회의 모습과 그 안에 선보인 작품들을 함께 한데 모아 담았다. 각기 다른 시간에 열렸던 전시들이 한눈에 펼쳐지며 도서관의 변화를 자연스럽게 보여준다. 지나온 전시들을 따라가다 보면 이 공간이 어떻게 쓰이고 사랑받아 왔는지도 함께 느낄 수 있다.

동네 숲 탐조클럽 〈'새'로 만나는 세계〉

2024년 10월 한 달 동안 지역 거점 단체 '동네 숲 탐조클럽'과 연계한 특별 전시회 〈'새'로 만나는 세계〉가 열렸다. 탐조 지도를 직접 그려서 은평구에 사는 여러 종류의 새를 살펴볼 수 있었다. 또 쌍안경을 설치해 탐조 방법을 안내하고 실제로 탐조를 체험할 수 있는 코너도 마련했다. 전시를 통해 새를 탐색하며 우리 곁의 숲과 더불어 살아가는 삶에 대해 생각해보는 기회가 되었다. 함께 진행된 실크스크린 워크숍에서는 기후 위기에 대한 메시지를 에코백, 티셔츠, 손수건 등에 찍어보는 체험을 진행했다. 또한 종이 새를 접으며 우리 주변의 생명을 돌아보는 시간을 가졌다.

내가그린기린그림 〈내일, Tomorrow〉

2024년 4월, 도서관 주간을 맞아 드로잉 커뮤니티 '내가그린기린그림' 연계 특별 전시 〈내일, Tomorrow〉가 열렸다. '내가그린기린그림'은 오랫동안 도서관을 꾸준히 이용해온 단골 이용자들이 모인 커뮤니티로, 매년 주제를 정해 다양한 그림 작업을 이어오고 있다. 내일과 나무를 주제로 한 아름다운 그림들이 갤러리 벽면을 따라 걸렸고, 전시장 한편에는 '내일의 나에게 쓰는 편지 카드' 코너를 마련해 방문객들 스스로 내일의 모습을 함께 생각해 보도록 했다. 어린이자료실에서는 '숲 만들기' 프로그램이 함께 진행되어 어린이들이 직접 그린 다양한 나무가 한쪽 벽을 가득 채웠다. 각자의 나무를 한데 모아 만들어진 숲을 바라보며 지구 생명체 모두를 위한 내일의 모습을 함께 고민하는 시간이었다.

만남이 계속되는 지구마을, 첫 번째 이야기 : 네팔

개관 9주년을 맞아 도서관에서는 구산동과 은평을 넘어 지구마을로 손을 뻗었다. 첫 번째로 선정된 나라는 히말라야를 품은 신의 나라, 네팔이었다. 전시를 통해 다종교로 어울려 살아가고 있는 네팔인의 삶 속에서 다양성이 어떻게 공존하는지 탐구할 수 있는 시간을 제공한다는 취지였다.

네팔에 다녀온 이용자들의 사진을 받아 각자의 추억을 공유했고, 네팔의 인삿말 '나마스떼'를 직접 적어 보며 네팔의 문화를 느꼈다. 전시와 더불어 베니스국제영화제 초청작이자 한국의 영화관에서는 볼 수 없었던 네팔 영화 〈검은 닭(The Black hen)〉을 상영했다. 이 같은 다양한 행사를 통해 네팔을 더욱 깊이 알 수 있었다. 히말라야와 같은 인류 지혜를 담은 책과 함께 네팔의 세계로 초대했던 시간이었다.

예일디자인고등학교 〈여성을 이야기하다〉

구산동에는 학교가 많은 편이다. 도서관 10분 거리에 있는 학교만 해도 여러 개가 된다. 그중에서도 예일디자인고등학교는 2015년 도서관 개관 때부터 꾸준히 협업해왔다. 시각디자인과 학생들은 매년 주제를 정해 작품 활동을 펼친다. 2022년에는 '환경'을 주제로 전시회를 열었고 2023년에는 '여성'을 다양한 시각으로 바라보고 각자의 방식으로 표현하는 전시회가 열렸다.

여성의 권리, 역사 속 여성 등 여성사를 들여다보고 현대 사회에서 여성이 겪는 문제를 제시할 뿐만 아니라, 어머니 그리고 한 인간으로서 여성의 아름다움을 이야기하고자 했다. 도서관에 소장된 관련 책을 함께 전시하며 다양한 시각으로 바라볼 수 있는 계기가 되었다.

〈내 나이에 그림 어때?〉

어르신들의 삶, 기억, 추억을 담아낸 미술 작품 전시가 열리기도 했다. 주인공은 바로 살림의료복지사회적협동조합의 '서로돌봄카페' 사업에 참여한 16명의 어르신이다. 지역의 오랜 수채화 동아리 '물색그리다' 팀이 협업하여 완성된 작품들을 도서관 갤러리에서 선보였다. 지역에 살고 있는 어르신들의 작품을 보기 위해 평소 도서관을 찾지 않던 지역 주민들이 방문하여 함께 문화 예술을 누리는 시간을 보냈다. 오프닝 행사에서는 케이크 커팅식과 더불어 작가가 된 참여자들이 직접 그림을 소개하여 감동을 더했다.

〈파이카 Library : Book Collection _ 종이 위의 풍경들〉

은평구에 있는 디자인스튜디오 파이카는 지난 10년 동안 다양한 디자인을 진행해왔다. 축제, 공연, 전시 등 여러 문화 예술의 현장에서 출판물의 형태로 탄생시켰다. 그중 아트북, 전시도록 등 200여 점의 인쇄물을 이번 전시를 통해 공개했다. 더불어 시각연구모임이자 출판공동체로 활동하고 있는 히스테리안의 협업으로 예술 출판물의 사회적 가치와 기록의 의미를 공유하고 더욱 풍성한 전시가 마련되었다.

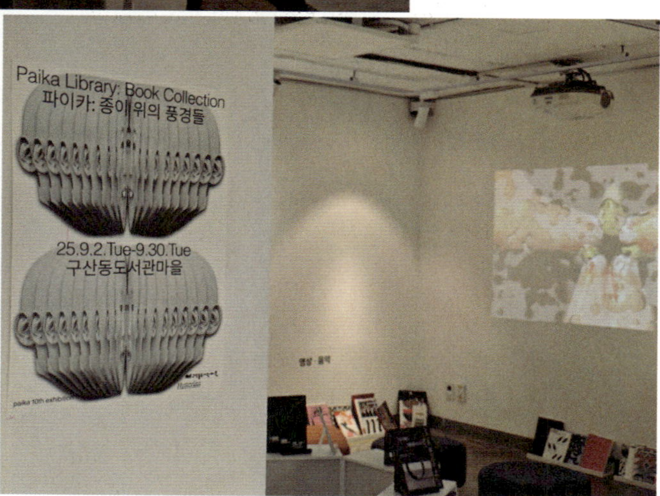

paika Library:
Book
Collection
예술
공연 · 축제
조각 · 조형

한밤의 도서관, 한밤의 우리

구산동도서관마을 3층에 올라가면 야외마당 앞 묵직한 철문이 보인다. 문을 열고 들어서면 깜짝 놀랄 만큼 거대한 공연장이 눈앞에 펼쳐진다. 이 도서관에 이런 공간이 있다고? 이곳은 도서관 문화 행사 대부분이 열리는 강연장이자 공연장, 극장, 운동장이다.

힐링캠프는 주민의 제안에서 시작된 공연 공간이다. 우리 동네에도 공연장이 필요하다는 주민들의 제안으로 서울시 주민참여예산사업을 통해 예산을 확보했다. 이곳에서 저자 강연, 인문학 프로그램, 영화 상영, 음악 공연 등 다양한 문화 행사가 열리고 있으며 도서관의 굵직굵직한 문화 사업이 이루어진다.

건립 당시 청소년 문화공간 예산으로 조성되었기 때문에 각종 음향 및 조명 시설이 잘 갖추어져 있다. 공연장으로 조성되었지만, 도서관 문화 사업 특성상 각종 강연과 영화 상영 등이 주로 진행된다. 계단식 좌석과 테이블 좌석을 자유롭게 활용할 수 있는데, 좌석을 빼면 넓은 공터(?)로 변신해 어린이들을 위한 운동회나 방학 때 1박 2일 캠프 장소로 활용되기도 한다.

우리들의 행복한 시간

청소년운영위원회 청화의 다음 활동을 계획하기 위해 모인 자리에서 누군가가 도서관 1박 2일 캠프 의견을 냈다. "졸업한 청화 위원에게 물어보니 코로나가 오기 전에는

방학마다 도서관에서 하룻밤 이벤트를 진행했다고 들었어요. 집합 금지에서 자유로운 지금, 청화 위원과 재미있는 추억을 쌓기 위해 도서관 1박 2일 프로그램을 추진하면 좋겠습니다."

1박 2일 동안 하고 싶은 것, 먹고 싶은 것, 보고 싶은 영화에 대한 의견을 나누는 시간에는 '이렇게 적극적이라고?' 생각될 정도로 많은 이야기가 나왔다. 〈한밤의 도서관, 한밤의 우리〉라는 캠프 이름도, 보물찾기·담력 테스트·런닝맨과 같이 밤사이 진행되는 프로그램도 모두 청소년들과 함께 고민하며 정했다.

캠프를 진행하기 전 가장 많이 물어보는 질문은 역시 '친구 데리고 와도 될까요?'였다. 그들의 의견을 반영해 코로나가 끝나고 진행되는 '리턴즈 1박 2일'에서는 청소년운영위원회 청화와 그들이 데리고 오는 친구들로 캠프가 운영되었고, 다음 해에는 청소년동아리연합이라는 명칭 아래 청소년운영위원회 청화, 청소년독서동아리 오도독, 청소년만화동아리 자치동갑이 함께했다. 처음에는 다른 동아리원이라 어색하지 않을까 걱정했는데 1박 2일 캠프 활동 전 다른 청소년동아리연합 활동을 통해 몇 번 마주치기도 했고, 사실 한 동네에서 지내는 아이들이라 같은 학교 다른 반인 경우가 상당했다. 어떻게 보면 동네 친구들이 동네 도서관에 모인 셈인 것이다.

모두가 기대하던 런닝맨 게임을 시작했다. 1층 마을마당부터 4층 마을자료실까지, 신발을 벗고 들어가야 하는 어린이자료실과 짐을 보관해둔 힐링캠프를 제외하고 모든 곳을 뛰어다닐 수 있었다. 그리고 도서관을 모두 누비며 '갤러리에서 춤추고 영상 찍어 오기', '도서관 계단 벽화에서 셀카 찍기' 등 다양한 공간에서 수행해야 하는 미션이 함께 진행되어 더욱 소란스러운 도서관이 되었다. 아이들은 어색하게 이름만 알고 지내던 친구, 언니, 오빠, 형, 누나들과 친해져 함께 1층부터 4층까지의 도서관을 마음껏 뛰었다. 큰 소리로 이야기도 하며 오후 6시 폐관 이후의 도서관을 마음껏 즐기는 경험은 청소년들에게 새롭게 느껴졌던 것도 같다.

잊지 못할 추억을 만들다

'매일 보던 불 켜진 도서관의 대변신! 사라진 내 손가락을 찾아줘!'라는 제목으로 사서들이 며칠을 고심하여 야심 차게 준비한 담력 테스트는 오히려 새롭지 않고 재미없었다, 아쉽다는 반응이 많았는데, 그 이유가 굉장히 의외였다. 너무 자주 오는 공간이다 보니 어두운 점이 매력적으로 다가왔고, 동시에 익숙해서 무서울 게 없었다는 것이다. 아무래도 청소년이 가장 많이 다니는 3층 청소년자료실과 4층 만화자료실을 중점으로 진행되었기 때문에 더욱 익숙한 공간이었다는 걸 고려하지 못했다. 결국, 사서들은 다음번에는 더욱 무섭게 해주겠다고 다짐하게 되었다고 한다.

저녁 6시부터 밤 11시까지 함께 뛰어놀며 잔뜩 지친 상태에서 영화를 틀어주면 잠들지 않을까 하던 사서들의 기대가 있었다. 넓은 힐링캠프에 캠핑 온 것처럼 방석, 돗자리를 이어 붙여 자리를 만들고 담요를 덮은 아이들을 보며 만족한 얼굴로 영화를 틀었지만, 10분이 지나지 않아 영화 소리는 배경음악이 되고 삼삼오오 모여 대화하거나 퍼즐을 맞추고 보드게임을 하기 시작했다. 사서들은 미묘한 시선을 교환하며 '조금 있으면 잠들겠지'라고 생각했지만, 정말로 잠든 아이들은 소수에 그치고 대부분 새벽 3시, 5시, 7시까지 깨어있었다.

그렇게 아이들은 사서를 재우지 않았다. 중간중간 "배고파요, 간식 없어요? 과자 더 먹고 싶어요." 라고 외치는 아이들을 보면서 사서들은 '지금 잠들면 배가 안 고플 걸?'이라고 말하고 싶었지만, 구석에서 남은 과자를 꺼내주면 다시 신나게 보드게임에 집중하는 모습이 예쁘게 보이기도 했다.

한 해의 마지막, 올해 가장 재미있었던 프로그램이 뭐냐고 아이들에게 물으면 대부분 1박 2일 캠프인 〈한밤의 도서관, 한밤의 우리〉를 외친다. '잠의 소중함을 느꼈어요', '이제 친구랑 학교에서도 인사하고 지내요', '익숙한 도서관의 다른 모습을 보니 새로웠어요' 등 아이들의 후기는 캠프가 끝나고 한참 동안 이어졌다.

반면 사서에게 가장 힘들었던 프로그램이 뭐냐고 물으면 1박 2일 캠프인 〈한밤의 도서관, 한밤의 우리〉라고 말할지도 모른다. 물론 힘들었던 만큼 재미있었고 잊지 못할 추억이 남았다. 사실 도서관에서 하룻밤을 보내는 건 사서에게도 생소한 일이기도 하다. 내년에는 기필코 더 무서운 도서관을 만들어주리라 다짐하며 사서들은 청소년들과 함께할 다음 1박 2일 캠프를 기다리고 있다.

도서관이 동네를 기록하는 일

은평은 다양한 시민 주도의 공동체 운동이 뿌리내린 지역이다. 공동육아, 마을도서관, 친환경 급식 등 주민들이 중심이 되어 지역사회의 문제를 해결하고 대안적인 삶의 형태를 만들어가고 있다. 이러한 시민사회 움직임이 자치, 협동, 생협, 돌봄의 영역으로 확장되면서 지역사회가 개인의 삶과 관계망 안으로 들어오게 되고, 내가 사는 지역을 좀 더 살기 좋은 곳으로 만들기 위한 활동으로 이어졌다. 지역의 활발한 마을공동체 활동이 사라지지 않기를 바라면서 잊혀가는 공동체의 역사와 '지금 여기'를 살아가는 우리들의 삶을 기억하고자 우리는 기록한다.

"1976년 이른 봄, 첫아이가 4개월 되었을 때, 서오릉 넘어가기 전 갈현동이라는 동네에 이사를 왔어요. 매일 유모차를 끌고 서오릉으로 산책하러 갔었어요. 지금은 8차선 고속도로 같이 시원하게 뚫려 있지만, 그때는 소박한 오솔길이었지요." (은평살이 52년 차 안순자)

"구산초등학교 운동회 하는 날, 운동회만 하면 달리기에서 1등하고 싶었던 욕심이 생각난다. 운동회 날 빠질 수 없는 엄마표 김밥 도시락을 맛있게 먹으며 청백전에서 우리 팀이 이기길 손꼽아 기다리던 추억에 잠시 입가에 웃음이 번진다." (은평살이 27년 차 이상록)

일상에서 시작된 기록 〈사진으로 쓰는 이야기〉

마을자료실에서는 도서관을 중심으로 마을기록 활동에 흥미를 느끼고 지역을 기록하

는 기록활동가를 키워내기 위한 첫걸음으로 2023 일상아카이브 대중 강좌 〈사진으로 쓰는 이야기〉를 진행했다. 사진을 매개로 한 이 프로그램은 '기록'이라는 행위를 거창한 작업이 아니라 누구나 할 수 있는 일상생활의 감각으로 쉽게 다가갔다.

사진을 통해 나를 소개하고, 내가 소유한 사물들과 공간들에 대한 사진, 가족이나 친구, 이웃에 대한 사진들, 일상의 생활과 행동을 기록한 사진들을 보여주고 설명하면서 이야기를 구성해나갔다. 참여자들은 사진을 고른 이유와 그 안의 사람, 사물, 색깔, 날씨, 느낌, 추억 등에 관해 이야기했다. 잘 찍은 사진이란 정해진 답은 없으며 나의 주관적인 시선과 생각이 중요하다는 작가님의 설명과 함께 각자의 느낌과 해석을 공유하고, 작가의 생각을 덧붙이는 방식으로 이루어졌다. 그리고 다소 부족하지만, 각자의 일상을 담은 〈일상아카이브 사진전〉도 가졌다.

일상아카이브는 기억하고자 하는 일상의 모든 것을 기록의 대상으로 삼을 수 있다. 개인의 삶을 기억하는 방식으로의 일상아카이브는 지극히 사적인 추억과 기억을 남기는 일이기에 기록하지만, 그 기록이 공유되고 활용되기 위해서는 무엇을, 왜 기록하는

지에 대한 고민이 필요하다. 개인의 일상적인 기억과 기록이 모여 사회적 맥락으로 해석된다면 공동의 기억으로 재구성될 수 있으며, 주민들의 삶과 직결되는 아카이브를 만들어갈 수 있다.

〈여기, 이야기 사진관〉 속으로

2024년 6월 한 달 동안, 도서관 안에 사진관이 문을 열었다. '내가 사는 은평, 내가 살던 은평'에 대한 지역 주민들의 기억과 일상생활 기록을 수집하고자 기획한 마을기록 프로그램 〈여기, 이야기사진관〉이다. 사진작가와 함께하는 이야기사진관은 수요일마다 오후 2~6시에 문을 열었고, 사전 신청자 20명의 개인 사진 촬영과 짧은 인터뷰로 이어졌다.

그 외 시간에는 도서관 이용자들이 셀프 사진관에서 직접 촬영하거나 내가 가지고 있는 은평 사진과 그 안에 담긴 이야기를 엽서에 써서 직접 매달아 놓기도 했다. 사진관이 문을 닫은 그 자리, 갤러리에서 20여 명의 초상사진과 그들의 이야기, 내가 살고 있고 또는 살았던 은평에 대한 지역 주민들의 사진과 엽서, 그리고 인터뷰 영상을 기록으로 전시했다.

누군가의 기억 속에 존재하던 장소의 이야기 속에 '그땐 그랬었지, 여기가 그랬구나!' 하며 고개를 끄덕이고 옛날 앨범을 뒤져보며 그때 그 시절로 추억여행을 하는 시간, 그 래서 잠시 따듯한 온기를 느끼는 시간이 되었다. 불광동에서 태어나 외국에서 살다가 구산동으로 돌아온 은평 사람이라고 소개한 한 이용자는 낭만이 가득했던 90년대 은 평을 사진으로 볼 수 있어서 좋았다고 이야기했다. 개발로 사라지는 빌라들과 작은 화 단들을 기억하며 아쉬워하기도 했다.

누군가의 사진 한 장이 또 다른 사람의 기억을 불러냈다. 그렇게 마을은 서로를 통 해 다시 살아난다. 갤러리 벽을 가득 채운 주민들의 사진은 마을의 과거와 현재로 누구 에게나 열린 '공동의 기억'으로 확장되는 시간이었다.

구산동네아카이빙 프로젝트 〈구산별곡〉

마을을 기록하는 일은 단순한 공간이나 사건의 변화를 보존하는 일을 넘어, 그 안에 서 살아가는 사람들의 생생한 삶의 이야기를 오랫동안 기억하기 위한 특별한 작업이 다. 구산동네아카이빙 프로젝트인 〈구산별곡〉은 구산동 주민들의 생활사, 일상적 풍 경, 공동체 경험을 기록·수집·정리함으로써 구산동의 정체성과 가치를 재조명하고자 기획되었다.

구산동도서관마을과 구산동주민자치회가 협약을 맺고 추진한 구산동네아카이빙 프로젝트는 지역의 삶과 기억을 기록하여 마을의 정체성을 재발견하고자 한 시도이며, 우리가 살아가는 마을을 스스로 기록하고 남기는 새로운 도전이었다. 주민자치회 참 여 예산의 지원을 기반으로 도서관이 기획과 교육을 주도하고 지역 주민을 대상으로 은평마을기록학교를 운영하여 마을기록자를 양성하고, 그 결과를 마을잡지 〈구산별 곡〉으로 발간하는 것을 목표로 했다.

은평마을기록학교는 2025년 6~7월 10회차 교육으로 마을기록의 이해부터 지역 탐 방, 기록 프로젝트 설계와 구술기록 실습으로 진행되었다. 참여자들은 강의와 워크숍 을 통해 기록의 철학과 방법을 익히며 8~9월 개별 기록 활동을 통해 시민 기록자로서

의 경험을 쌓았다.

구산동도서관마을과 함께한 은평마을기록학교를 통해 주민들은 마을기록가가 되어 이웃을 만나고, 오래된 사진을 수집하며, 골목의 풍경을 담았다. 처음에는 '무엇을 기록한다는 거지?', '내 이야기가 기록이 될 수 있을까?'라는 물음에서 출발했지만, 차츰 기록이라는 것이 내가 사는 동네, 주위 사람에 대한 숨은 가치를 발견하고 의미를 찾는 작업이라는 것을 알게 되었다.

우리의 기억 하나하나가 모여 마을의 역사가 되고, 평범한 일상이 모여 시대의 기록이 된다는 사실을 깨닫게 되면서 내가 사는 동네에 관한 관심과 애정이 생겨나기도 했다. 이전에 미처 몰랐던 것들이 보이기 시작하면서 '동네를 바라보는 따뜻한 시선'을 갖게 되고, 익숙했던 동네가 각자의 시선을 통해 새롭게 태어나는 경험을 하게 되었다.

마을을 기록한다는 일

이번 프로젝트에서 도서관은 마을기록학교 운영을 통해 주민이 기록자로 성장할 수 있도록 지원하고 그 결과물을 〈구산별곡〉이라는 마을잡지로 발간했다. 도서관이 지식 정보 제공 공간을 넘어 지역 기반 문화 생산 플랫폼으로 기능할 수 있음을 보여주었다. 유난히 무더웠던 여름, 주민이 직접 마을을 기록하는 경험은 장기적으로 내가 사는 지역에 대한 정체성과 공동체성을 더 단단하게 해줄 것이라 믿는다. 마을을 기록한다는 일은 결국 우리 자신과 우리의 '현재'를 담아내는 일이기 때문이다. 도서관이 지역과의 협업으로 지역의 삶을 기억하고, 주민이 참여하는 공공적 문화 자산을 만들어내는 과정이 공동체의 힘을 강화하는 일이며 지속 가능한 지역 아카이빙 문화를 만들어내는 일임을 알게 되었다.

기록은 단순히 수집·보존하는 것만이 아니라, 지역과 관계를 맺고 이어가는 일이 중요하다. 지난 3년간 구산동도서관마을은 주민의 이야기와 지역의 기억을 모으며 '기록이 자라는 도서관'으로 성장하고 있다. 이 과정은 아직 진행 중이며, 앞으로도 도서관은 마을의 시간과 기억을 천천히 그리고 함께하는 기록 활동으로 이어가려고 한다. 그렇게 축적된 기억들은 언젠가 이 지역의 또 다른 미래를 비추는 기록이 될 것이다. 주민이 주체가 되는 기록 활동이 계속 이어지고, 마을자료실은 지역사회의 기억을 체계적으로 수집·보존하는 공간으로 다양한 로컬 아카이빙 활동의 거점이 되려는 노력을 계속할 것이다.

문 닫은 도서관에서 무슨 일이?

최지희

　일주일 중 도서관이 문을 닫는 단 하루, 월요일. 이용자 대신 직원들끼리 모이는 날이 있다. 이날만큼은 직원들도 큰 소리로 말하고, 짝꿍 선생님과 번갈아 가며 먹는 점심이 아니라 함께 모여 밥을 먹을 수도 있다.

　한 달에 한 번, 문 닫은 도서관에 전 직원이 모이기 시작한 역사를 거슬러 올라가면, 2016년 하반기부터였다. 평소에는 데스크를 잠시 비우거나, 직원들이 돌아가며 자리를 지킨 채로 삼삼오오 모여 서평 쓰기, 업무 회의 등을 진행했다. 상호대차부터 독서 동아리까지 매일 돌아가는 도서관 업무가 있다 보니 시간을 맞추기도, 집중해서 다양한 의견을 나누기도 어려웠다.

　이렇게 시작한 월례회의에서는 모든 직원이 다 함께 책을 소개하고 이야기를 나누는 〈대담한 사서〉도 진행할 수 있었고, 책 전시에 대한 아이디어 공유도 하고, 각자 진행하고 있는 업무와 프로그램 기획에 대한 논의도 충분히 할 수 있었다.

　항상 책을 접하는 사서들이 본격적으로 대담(大膽)하게 대담(對談)하는 자리를 마련하고자, 6시 이후 저녁에 모여 앉아 같은 주제를 가지고 각자 읽어온 책을 소개하고 이야기를 나눴던 〈대담한 사서〉도 월요일로 일정을 변경했다. 데스크를 지키지 않아도 돼서 모든 직원이 참여하여 책에 대해 고민하고, 서로의 책을 궁금해하는 시간을 가질 수 있었다.

각 자료실에서 만나는 다양한 이용자와 책과의 에피소드를 나눌 수도 있었고, 구매해야 할 책과 걸러야 할 책에 관한 이야기도 나눴다. 요즘 어린이자료실에서 인기 있는 책, 수행평가 기간에 청소년들이 많이 찾는 책, 최근 이슈인 주제 분야의 책, 주목받는 작가의 작품들까지 자유롭고 다양한 이야기가 나왔다.

20명이 넘는 직원들이 둥글게 모여 앉아 돌아가며 이야기를 나누기도 하고, 제비뽑기로 조를 나누기도 했다. 책을 정해두고 원하는 사람끼리 모이기도 했다. 어색함도 잠시, 힐링캠프는 여기저기에서 즐겁게 책 이야기를 나누는 소리로 가득했다.

이번 여름방학 어린이 독서 교실은 어떻게 진행하면 좋을지, 가을 독서의 달 기념행사로는 어떤 작가를 초청할 것인지, 이용자가 어떤 요청 사항이 있었는지 등 도서관은 매일 같이 여러 문제와 고민을 마주했다.

혼자서라면 도저히 나오지 않던 답도 함께 이야기를 나누다 보면 말하면서 정리가 되어 해답을 찾기도 하고, 다양한 경험을 했던 동료들에게 간단한 해결 방법을 얻기도 한다. 다른 도서관 사례나 비슷한 이용자의 요구에 대한 경험도 나눌 수 있다.

책을 빌려 가고 싶은데 회원증을 만들어줄 보호자가 없던 10살 어린이 이용자를 위해 여러 방법을 고민하다 사서가 보호자 인증을 해주기도 하고, 귀가 잘 들리지 않아 큰 소리로 이야기하는 이용자와 필담으로 대화하여 평화를 찾은 사례를 공유하기도 한다. 자료실도 많고 공간도 복잡한 우리 도서관 공간의 특징을 활용해 보물찾기나 숨은 공간을 발견할 수 있도록 6개 자료실이 공통 프로그램을 기획하기도 한다.

특히 연말이면 한 해를 돌아보며 자체 평가회를 열고, 연초에는 한 해의 계획을 나눈다. 자료실 운영, 장서 구매, 행정 업무 등 맡은 업무들을 정리하고 살피며 더 나은 도서관을 만들기 위해 고민한다. 월례회의에서 모든 직원이 함께 이야기를 나누면 집단지성의 힘이 얼마나 큰지 체감하게 된다. 고민하고 어떤 의견이라도 내다보면 다양한 이야기가 모여 재미있는 프로그램이 만들어지기도, 어렵기만 했던 문제가 쉽게 해결되기도 한다.

내가 맡은 업무가 아니더라도 우리는 모두 연결되어 있고, 함께라면 무슨 문제든 풀수 있다.

도서관에서 일하다 보면 생각보다 더 많은 것을 할 줄 알아야 한다. 예를 들면 누구보다 빠르게 책을 찾아내거나 잘못 꽂힌 책을 찾아낸다거나, 매력적인 홍보 포스터를 만든다거나, 도서관 주변 맛집을 종류별로 알고 있어야 한다거나 떨어진 단추를 달아줄 수 있어야 한다거나.

열심히 기획한 프로그램에 더 많은 주민이 알 수 있게 하려면 어떻게 홍보해야 할까, 청소년 이용자들은 도서관에서 어떤 활동을 해보고 싶을까, 부담 주지 않으면서 책으로 말을 거는 방법은 뭐가 있을까 등 고민은 끝이 없다.

그래서 일상 속 공간의 가치와 기록을 담는 커뮤니티 디자이너를 만나기도 하고, 마을과 호흡하는 사서의 컬렉션 사례를 들려줄 사서를 초대하기도 했다. 도서관에서 우리가 해야할 것은 무엇인지, 할 수 있는 것은 무엇인지 고민하면서 말이다. 일하면서 체득한 업무 노하우를 동료에게 공유하는 시간도 가지고, 자료 대출, 회원 현황 등을 분석해 개선점을 찾아보기도 했다.

외부 강사만 초청한 것은 아니었다. 배움 공동체답게 가진 능력 또한 나눴다. 도서관에 오기 전 학교에서 청소년을 만났던 선생님은 청소년이 책에 흥미를 갖게 하는 방법을 알려주었고, 언론사에서 기사를 썼던 기자 출신의 선생님은 보도자료 작성 방법과 홍보 노하우를 공유했다.

자신이 맡은 업무에 따라 배워보고자 하는 영역은 약간씩 차이가 있었다. SNS 관리 담당자는 좋은 사진 기록을 남기기 위해 사진 찍는 방법을 배워보고 싶다는 요청을 했고, 공모 사업을 신청해야 하는 담당자는 설득력 있는 기획서 쓰는 방법을 배우길 희망했다. 우리는 이 시간을 통해 다양한 배움과 성장을 함께할 수 있었다.

가끔은 현장으로 직접 나갔다. 지역을 이해하고 탐색하기 위해 도서관 근처에 있는 기관이나 단체, 문화공간을 탐방하고 마을과 함께하는 도서관을 생각해보는 시간을 가졌다. 또 출판단지나 도서관, 책방을 다니며 시야를 넓혔고 배움의 즐거움을 알아갔다.

매일 아침 북 트럭을 끌고 나가 외부 반납함의 책을 비우는 것을 시작으로 많은 이용자와 수만 권의 책에 둘러싸인 도서관은 하루에도 엄청난 먼지가 함께한다.

게다가 북큐레이션을 준비하느라 색종이를 오리고, 붙이고, 코팅하고, 상호대차에 나갈 책들을 도서관별로 구분하느라 칼로 자르고 부록 자료를 고무줄로 묶는 일을 매일 하다 보면 바닥은 어느새 자잘한 종이와 먼지들이 굴러다닌다. 이용자가 없는 고요한 도서관에 모인 날이면 빗자루와 쓰레받기, 먼지떨이, 대걸레, 물티슈를 몽땅 꺼내 구석구석 청소를 시작한다. 분명 어제도 닦았는데, 대출 반납대에는 먼지가 뽀얗게 앉아 있다. 주인을 잃은 사인펜 뚜껑을 찾아주고, 시험공부의 흔적인 지우개 가루도 정리한다. 소파 밑의 누군가 몰래 먹다 흘린 과자부스러기까지 구석구석 찾아 정리해주면 마음도 같이 개운해진다.

휴관일 도서관은 잠시 문을 닫지만, 그 안에서 우리는 더 나은 도서관을 위해 여러 준비를 한다. 함께 배우고 나누며 성장하고 나아가는 월례회의 시간은 도서관의 자랑이자 자부심이다.

2장
도서관을 닮은 사람들

구산동도서관마을에는 서로 다른 자리에서 만난 사람들이 있다. 이 공간을 함께 만들고, 지금 이곳에서 일하며, 이곳을 찾아오는 사람들까지 저마다의 방식으로 관계를 맺어왔다. 어떤 이들은 만들고, 어떤 이들은 찾으며 이곳을 채워간다. 그 과정에서 역할은 자연스럽게 이어지고, 사람들은 조금씩 서로를 닮아간다. 구산동도서관마을은 그렇게 다양한 사람들이 함께 만들어온 이야기다.

민관이 함께 만든 도서관

김우영

구산동도서관마을의 처음부터 장면 장면들을 잘 기억하고 있습니다. 제가 구청장 취임 후 업무 보고를 받을 때 전임 구청장이 땅을 사놨는데 건립 비용이 없어서 아무것도 못 짓고 있다는 거였어요. 실제로 그때 은평구 재정 상태가 안 좋았어요. 그런데 지역 주민들, 어린이도서관을 공동 운영하는 엄마들이 '도서관을 계속 지어달라'고 요청해서 돈이 없는데 어떡하라는 건가 했죠. 주민들이 서명도 받고 그러면서 방법은 찾으면 나온다고 했는데 그게 바로 주민참여예산제도를 활용하는 것이였습니다.

주민들이 건축하기 전에 축제 비슷하게 했던 게 기억나요. 텐트 치고 거기에서 공연도 했던 것 같고요. '도서관을 상상해'라는 축제를 열었는데 그때 제가 시 낭송을 했어요. 김용택 시인의 시였던 것 같아요. '선운사 동백꽃'이라고 '살얼음 낀 선운사 도랑물을 / 맨발로 건너며 / 발이 아리는 시린 물에 이 악물고 / 그까짓 사랑 때문에 / 그까짓 여자 때문에 / 다시는 울지 말자'라는 시였는데 특히 오늘 그 장면이 생각나네요.

도서관 하면 이제 기본적으로 입시 준비 또 정숙, 그런 게 떠오르잖아요. 사람들은 동네에서 책도 보고 공연도 보고 사람들하고 같이 토론도 하고 어울릴 수 있는 그런 공간이 필요하다, 문화 공간으로서의 도서관, 주민들의 참여 공간으로서의 도서관을 희망하는 그런 움직임이 있었고요. 기적의 도서관이나, 작은도서관 운동 같은 것들요.

그전에는 도서관이 마치 벽돌 찍어내듯이 전국 어디에나 똑같은 도서관이었어요. 민관협치, 즉 주민은 창의성, 다원주의적인 그런 세계관을 많이들 갖고 있어서 집단 지성이 반영되기도 하고, 또 관은 그 의견을 받아서 행정적으로 추진을 하는 그런 과정이 기존의 행정 공무원들의 기준에서는 되게 번거로운 일이죠.

또 비생산적인 것 같기도 하고, 때로는 배가 산으로 갈 것 같은 두려움도 있고요. 근데 요즘은 소셜 네트워크 시대라 더 많은 사람이 참여하면 더 좋은 발상이 나오고요, 더 좋은 생각들이 모여 생산적이고 효율적인 선택이 이루어질 가능성이 크거든요.

주민들이 열정이 아주 많았어요. 저는 민간의 적극적 참여 방식의 운영으로 놀라운 추진력이 나왔다고 봅니다. 하나의 일을 해내기 위한 연료가 주민들의 의지 속에 있었다고 생각하죠.

구산동도서관마을이 결과적으로 보면 도시재생의 모델이 되긴 했는데 그 과정은 쉽지 않았습니다. 민과 관이 머리를 맞대고 논의한 끝에 시청각도서관, 만화도서관, 청소년 공간이 따로따로 나뉘어 있는 걸 한데 합치자 했고, 합쳐서 한 공간에 넣으려니 50억 가지고는 신축이 힘들었던 거죠. 그래서 기존의 연립이나 단독주택을 이어 붙여서 재생과 신축을 결합하는 방식으로 공모를 했는데, 최재원이라는 건축가가 아주 좋은 아이디어를 내서 채택된 것입니다. 그때 완전 신축을 하기에는 재정 부담이 컸어요. 그런데 마침 주민참여예산제도를 서울시가 도입한 거예요.

고등학생들이 주민참여 예산 공모에 참여해 결과적으로 힐링캠프는 우리 고등학생들이 따온 예산입니다. 다음에 만화도서관 예산은 원래 녹번동에 갈 뻔한 예산이었어요. 그런데 그걸 여기에 당겼죠. 그래서 전체 도서관 예산도 서울시 참여 예산으로 재정을 확보했던 거예요. 그렇게 합해서 한 50억 내외가 된 것 같습니다.

저는 공공시설을 이용하는 사람 즉, 이용자 중심의 정책을 만들어야 한다고 생각했습니다. 도서관은 이용자가 생각하는 불편 사항이나 개선 요구를 단지 민원으로 응대하는 게 아니라 이용자들이 모여 총회를 해서 거기서 어떤 대책을 만들어내면, 편의성을 상당히 높일 수 있지 않을까 생각했어요. 당시 이 도서관을 만들자고 제안했던 것도 주민들, 도서관 운동하는 엄마들이었는데 이분들이 계속 의견을 냈고 그 의견이 사실은 엄청난 변화를 만들어낸 거죠.

당시에 마침 협동조합 붐이 불었어요. 그러면서 이제 협동조합도 위탁할 수 있는지 여러 가지 법적 요건을 검토했는데 가보지 않은 길이라 공무원들은 좀 주저하는 측면도 있었죠. 그러나 워낙에 이게, 이 도서관의 태생이 주민참여예산제도를 바탕으로 이루어진 그런 정책이기 때문에 그 연장선상에서 한번 해볼 만하다고 설득을 많이 했던 것 같아요.

협동조합운동에서 '협동'이라는 것은 그냥 막연하게 오는 게 아니고 엄청난 내부의 갈등도 동반해서 온다고 생각합니다. 그 고통을 감내할 수 있는 인내력도 필요하다고 생각하고요. 내부의 갈등 상황은 그냥 지켜봤어요. 시간과 더불어 좀 더 세련되게 정리가 되어가는 것 같기도 합니다. 옛날에 오래된 집들도 항상 깔끔하게 닦아줘야 윤이 나듯이 공공시설은 끝없이 개선하고 또 이용자의 불편을 또 들어주기 위한 노력도 필요하겠죠. 이제 우리의 구산동도서관마을이 과거의 영예를 소중하게 여기면서도 변화하는 지식 환경의 트렌드를 선도하는, 그러니까 또 다른 혁신을 좀 준비할 필요가 있을 것 같습니다. 은평구의 자랑이 오래오래 이어지도록 저도 응원하겠습니다.

김우영은 2010~2018년 은평구청장이자 현 22대 은평을 국회의원으로, 구산동도서관마을을 민관협치의 공간으로 완성하는 데 큰 역할을 했다.

말도 안 된다고 했던 그 일

이미경

2006년 5월 16일, 구산동도서관마을이 태어나기 전, 도서관 건립을 위한 은평구 주민청원 서명운동을 통해 11일 만에 2,008명의 서명을 모았던 기억을 아직도 잊을 수 없습니다. 한 사람, 한 사람의 마음과 서로를 향해 내민 조용한 손길을 느낀 순간이거든요. 구산동도서관마을은 가슴 뜨거운 도서관 활동가들이 만들어낸 은평구 도서관운동의 가장 자랑스러운 결과물입니다. 주민참여도서관인 구산동도서관마을을 설명하기 위해서는 이곳의 모태가 되었던 대조동꿈나무어린이도서관에서부터 이야기를 시작해야 합니다.

2000년, 은평구에는 구립도서관이나 학교도서관이 없어서 집 가까이 이용할 수 있는 도서관이 있었으면 좋겠다는 주민들의 요구가 컸어요. 마침 대조초등학교 학부모들이 대조동 주민센터가 지역주민들의 문화복지 공간으로 전환된다는 소식을 들었죠. 그들을 주축으로 주민센터 안에 어린이도서관을 만들어 달라고 요구하는 서명 활동을 펼쳤고, 동네 주민들뿐 아니라 아이들도 서명에 참가해 도서관을 만들게 되었어요.

주민센터 안의 10평 남짓한 그곳은 누군가에게는 스쳐 지나갈 공간이었지만 우리에게는 세상이 열리는 자리였어요. "여기는 뭐하는 곳이에요?", "도서관이에요. 언제든 오셔도 됩니다.", "그럼… 저도 함께 활동해도 될까요?" 그렇게 우리는 서로를 알아갔고 함께하기 시작했습니다. 조를 짜서 공간을 지키고, 책을 모두 수기로 대출해주면서도 대조동마을축제, 대추마을어린이축제 등 지역 행사에도 열정적으로 참여했어요. 이런 활동이 눈에 띄었는지 주민센터는 책 지원에 더해 자원봉사 활동비까지 마련해 주어 우리는 더 많은 일을 할 수 있게 되었어요. 책모임을 하고, 글을 쓰고, 아이들과 함께 배우며 스스로 삶의 주체로 서기 시작한 거죠. 그 모든 순간이 쌓여 우리는 '도서관을 돕는 사람'이 아니라 '마을을 함께 살아가는 사람'이 되어갔습니다.

〈지각대장 존〉, 〈틀려도 괜찮아〉 같은 동화책을 보면서 건강한 시민이자 건강한 어른으로 살아야 하겠다는 생각을 했고, 내 아이를 잘 키우고 싶다는 마음은 곧 '우리 동네 아이들 모두를 품어야 한다'는 생각으로 확장되었어요. 도서관이 아이들에게 비빌 언덕이 되어주기를 바랐고, 내 아이를 잘 키우는 일과 내가 잘 사는 일은 결코 분리될 수 없다는 사실을 깨달았어요. 나아가 우리는 마을 곳곳에서 활동할 수 있는 일꾼이 될 수 있겠다는 믿음, 우리의 변화가 지역을 변화시킬 수 있다는 확신을 지니게 되었습니다. 내 아이에서 우리의 아이들로. 그리고 다시 나 자신에게로. 이렇게 도서관은 아이들에게는 쉼터가 되었고, 엄마들에게는 배움과 성장의 공간이 되었습니다.

2006년에 비슷한 기회가 찾아왔어요. 구산동주민자치센터가 이전하며 공간이 빈다는 소식이었어요. 우리는 망설이지 않았어요. 이미 경험으로 알고 있었기 때문이죠. 사람들의 마음이 모이면 현실은 움직인다는 것을. 동네마다, 골목마다 이런 도서관을 만들어보자! 그래서 우리가 제일 처음 한 건? 당연히 서명운동! 구산역 사거리에서 도서관을 만들어 달라는 서명을 받기 시작했는데, 11일 만에 2,008명의 서명을 받았어요. 그 작은 씨앗이 이렇게 꽃을 피우고 큰 숲이 될 줄은 그때는 미처 몰랐어요.

그런데 세상일은 늘 생각한 대로 순탄하게 흘러가지는 않잖아요?. 2012년에 주민참여 예산을 확보하기 위해 동분서주했고, 도서관이 들어서는 전 과정에 주민이 결합해서 열심히 활동할 때 행정팀에서 저희에게 했던 말이 있어요. '만드는 일까지만 하세요. 운영에 대해서는 생각하지 마세요'였어요. 그 이유는 도서관 운영은 법인이어야 하기 때문이었죠. 그 말은 제도의 언어였고, 넘을 수 없는 벽이었어요. 그런데 그때 김우영 구청장 등 행정가들이 도서관 운영의 문턱을 낮춰 비영리 민간단체도 들어올 수 있게 해야 한다는 목소리를 모아주었어요. 그래서 생각한 법인체가 협동조합이었답니다.

우리는 포기하지 않았고 협동조합이라는 새로운 길을 선택했어요. 주민이 직접 운영하는 도서관이라는 '말도 안 되는 일'에 도전한 것입니다. 협동조합으로 구산동도서관마을을 운영하자는 이야기가 나왔을 때 엄청난 설렘으로 잠을 설쳤어요. 주민참여도서관으로 시민운영단을 꾸려 보면 어떻겠냐는 제안을 했더니 사람들이 너도나도 말도 안 된다고 고개를 저으며 손사래를 쳤어요. 그런데 요새 웬만하면 시민 공론장으로 꾸미는 정치권을 보니 '내가 그때 너무 앞서갔구나' 하는 생각이 들기도 해요.

건축을 도시재생 방식으로 진행해야 한다는 의견을 내고 주민이 참여하는 방식을 적극적으로 밀어주는 등 당시 채희태 보좌관, 김우영 구청장의 역할이 컸습니다. 민관협치로 만들어진 도서관의 첫판을 깔아준 쉽지 않은 결정이었어요. 도서관 운동은 단순한 독서운동이 아니에요. 주민을 조직하고 아이들을 만나며 지역사회와 연대하고 교육의 평등과 생활의 변화를 만들어가는 사회운동이라고 생각합니다. 이러한 활동들이 모여 자발성과 참여는 구산동도서관마을의 뿌리가 되었고, 커뮤니티 활동의 허브이자 마을공동체의 중심이 되었습니다.

10여 년 세월이 흘러 돌아보니 우리가 살아온 과정 그 자체가 운동이었고, 모든 과정이 도서관을 바꾸고 변화시켜온 과정이었다는 생각이 들어요. 협동조합이라는 낯선 길을 개척하고, 주민과 함께 제도의 벽을 넘어섰던 지난 10년. 구산동도서관마을의 성과는 건물이나 시설이 아니라 그 속에서 성장한 주민, 활동가, 청소년들, 그리고 새로운 길을 내는 사람들입니다. 그들이야말로 마을의 가장 소중한 자산입니다. 앞으로도 구산동도서관마을은 책을 넘어 사람을 키우고 마을을 잇는 공간으로 남을 것이며 작은도서관에서 시작된 씨앗이 숲을 이룬 것처럼 또 다른 10년이 우리 앞을 기다리고 있을 것입니다.

함께 달려오신 모든 동료 활동가, 주민들, 함께 발맞춰 주신 공무원분들께도 감사드리고 싶습니다.

이미경은 주민참여를 온몸으로 실천하며 마을의 지도를 바꾼 도서관활동가로, 대조꿈나무어린이도서관 관장, 청소년도서관 작공 대표를 지내고 현재 은평구 수색·증산·신사2동 구의원으로 활동 중이다.

굳이 부숴야 하나?

채희태

제가 2010년부터 2012년까지 김우영 당시 구청장의 정책 보좌관으로 구정 질문 내용을 검토하는 자리에 있었어요. 원래 이재오 전 국회의원이 도서관 명목으로 예산을 받아오고 8필지를 확보한 건데, 그 이후 진도가 안 나가고 있었죠. 이걸 두고 유명란(당시 구산동 구의원) 의원이 "이 도서관 왜 안 짓냐고?"계속 의정 질문을 하는 거예요. 그 당시 도서관 팀의 답변은 이러했습니다. "구비 편성을 해야 국비, 시비를 받아올 수 있는데 구비 편성할 여력이 없어서 이 도서관을 못 짓습니다."

어느 날 제가 구산동을 지나는데 사람도 살지 않는 폐허 같은 골목, 지금 이 자리가 유명란 의원이 맨날 문제 제기하는 도서관 부지라고 하는 거예요. 그때 와서 보니까 10년밖에 안 된 빌라가 양쪽에 있었고 4, 5층짜리 지금 우리가 있는 이 빌라들, 그리고 1970년대에 지어진 단독주택들이 있었는데, 이 건물을 굳이 왜 부숴야 하냐는 의구심이 생겼어요. 그래서 제가 구청장님께 보고했죠. 건물을 부수지 말고 리모델링해서 도서관 마을로 조성을 하면 어떨까 제안을 한 거죠. 김우영 구청장이 그 말을 딱 듣는 순간 즉석에서 구정 질문에 그렇게 답변을 했어요. '여기는(묵혀있던 구산동 부지는) 리모델링, 도시재생 방식으로 하겠다!'라고 정책의 방향을 바꾸는 바로 그 순간, 김우영 구청장의 새로운 정책 사업이 돼버린 거죠.

하나의 결과를 바라보는 관점은 다양합니다. 그러니까 저는 구산동도서관마을을 거버넌스 적(민관협치) 관점에서 얘기해보고 싶어요. 구산동도서관마을에서 민간의 노력과 행정의 지원, 이 둘이 어떻게 만났는지 말씀드릴 수 있을 것 같습니다.

예산이 없는 구에서도 뭔가 할 좋은 기회가 생겼는데 그게 바로 서울시 주민참여예산제도였죠. 그건 주민들의 무대였어요. 이미경(당시 마을n도서관 대표)를 중심으로 한 도서관활동가들이 아주 많은 돈을 따오셨어요. 그리고 청소년 참여위원회 활동으로 청소년힐링캠프 예산을 따게 된 거고요. 여기저기 예산들을 다 끌어모아서 이런저런 다양한 도서관을 지을 명목으로 받아온 국비, 시비 예산들을 쏟아부은 거죠. 사실 구비는 거의 안 들은 거나 마찬가지예요.

은평도서관마을협동조합을 중심으로 한 주민 조직이 MP(마스터 플래너)와 함께 보건소 지하에서 계속 교육도 하고, 주민 신청 프로그램도 진행하며 지역에서 주민들과 사전 교감을 잘해 나간 것 같아요. 도서관에 대한 애정을 가지고 주민들과 함께 청사진을 그려나갔으면 했거든요. 이런 과정을 통해서 주민들이 이곳은 기관이 아니라 익숙한 그분들, 즉 우리 동네 사람들이 와서 운영하는 게 좋겠다는 감정적·정서적 동의가 어느 정도 있었기에 결국 운영까지 맡게 된 것이 아닌가 생각해요.

민관협치가 제대로 꽃을 피워낸 대표적 사례가 된 거예요. '이 도서관 하나로 지역의 품격이 올라간 것 같다'는 어느 이용자의 말을 들었어요. 도시 재생적 측면에서도 그 근본적 의미를 이보다 더 잘 살릴 수 있을까, 이런 발의를 한 나 자신을 매우 칭찬하고 싶습니다.

채희태는 은평구청 정책보좌관으로 근무하며 다수의 주민참여형 사업을 제안한 정책 기획자다. 현재는 다양한 사회 정책을 연구하는 두루소통연구소를 운영하고 있다.

안 되는 걸 되게 하는 공무원 활동가

박정아

은평구 이야기를 할게요. 이곳은 시민사회운동이 비교적 단단하게 형성되어 있었어요. 생활문화정치의 풀뿌리 조직들이 자잘하게, 다양하게 뻗어있는 곳이었어요. 대표적인 곳이 갈현동 골목의 마을n카페죠. 사람들이 경제적인 이익을 추구하거나 그런 게 아니라 내가 즐거워서 커피를 내리고 커피잔을 닦는다는 마인드로 일하고 계셨어요. 거기 앉아서 사람들 만나고 꽂혀 있는 책 읽고 그러죠. 합창단도 만들어지고 그림 그리는 사람들도 모이고 바느질하는 팀, 책 읽는 팀도 모여서 많은 것들이 이루어지더라고요. 전문가들이 아무렇지 않게 동네에서 놀고 있어요.

2012년 어느 날 마을n카페에 갔는데 저 구석에서 대여섯 명이 모여서 회의를 하고 있더라고요. 각자 어떤 도서관이 있으면 좋겠는지 물으니 만화도서관, 역사도서관, 생태도서관, 청소년도서관 등 관심 분야의 도서관이 있으면 좋겠다고 얘기하더라고요. '아, 꿈같은 얘기들을 무척 진지하게 하네, 저분들은 꿈을 굉장히 공익적으로 꾸는구나.'라고 생각했어요. 근데 며칠 있다가 전해 들으니 진짜 도서관 건립 예산을 따왔다는 거예요. 그제야 '아, 꿈이 아니라 굉장히 실제적인 회의를 하는 거였구나.' 알게 됐죠.

제가 이사 온 지 3년 정도 됐던 때에요. 은평시민신문에 기사도 쓰고, 청소년도서관 작공에서 아이들 시험 대비도 도와주며 동네 어디에서 놀까 기웃대던 중이었죠. 그러다 교육감 선거에서 만난 분들의 권유로 '은평학부모네트워크'에 발을 들였어요. 그리고 해가 바뀌어서 2013년 봄에, 이미경(현 구의원) 씨가 몇 달 뒤에 구청에서 도서관 마을 만들기

MP를 뽑는데, 신청할 생각이 있냐고 물어왔죠. 2년간 구청 계약직으로 일한다는 거였어요. 공무원이라는 낯선 경험을 해볼 수 있다는 건 매력적이었죠.

은평구가 구산동도서관마을을 지으면서 잘한 것 중 하나는 주민들이 의견을 낼 수 있는 통로를 열어놨다는 점이에요. 이 부분은 처음부터 이 도서관을 만드는 데 굉장히 핵심 키워드이기도 했어요. 건립 과정에서 주민들의 의사소통 창구인 MP 역할을 만들어 월급을 주면서 구청이 지원했어요. 도서관이 만들어지는 과정에서부터 주민들이 적극적으로 의견을 내게 하고, 또 그걸 구청에 전달하는 게 저의 역할이었던 거죠.

예를 들면 설계 도면이 두꺼운 책자로 돼 있어요. 그 책자를 주민 조직들, 주로 협동조합과 하나하나 보고 확인했어요. 처음에 설계도에는 어린이실 2층부터 3층까지 통으로 뚫려 있는 방이 있었어요, 거기에 방방이(트램펄린) 같은 걸 넣어서 뛰어놀 수 있게 하겠다고 되어 있었어요. 이건 안될 거 같다고 주민들의 의견을 전달했더니 바닥과 천장 설계가 수정됐죠. 어린이자료실 바닥에 온돌 깔기, 힐링캠프의 입출식 전동 좌석 놓기, 전문 녹음 스튜디오 뺨치는 스튜디오 등이 다 주민들의 의사가 반영된 부분이랍니다.

"우리도 책모임을 하고 있는데 도서관이 필요하고 동네에 낡은 집들도 많아요!"

이런 분들이 전국에서 탐방을 많이 왔었어요. 우리 도서관은 공간도 특이하지만, 스토리가 있으니까요. 저희는 이런 사업에는 민과 관이 두 축으로 함께 굴러가야 한다고 설명하죠.

저는 MP를 2년 하고 나서 공무원들에 대한 이미지가 굉장히 좋아졌어요. 예산 항목이나 규정 때문에 안되는 걸 어떻게든 되게 길을 찾아내 끝내 그 활동이 가능하게 했던 공무원분들이 있어요. 정지연, 안덕진 님이 바로 그런 분들이에요. 우스갯소리로 '공무원활동가'라 부를 정도로 열심히 했던 마을공동체팀에 고마움을 전합니다.

도서관이 한창 지어지고 있을 때 공사 현장에 와보면 도통 그림이 그려지질 않았어요. 여기가 복도가 될 거고 저기가 공연장이 될 거라는 설명을 들어도 상상이 안 됐죠. 공간이 워낙 복잡하잖아요. 완공 후 처음 들어왔을 땐 더 막막했습니다. 뼈만 앙상한 채 썰렁했죠. 거기에 골목길을 도서관 안에서 구현해낸 디자인 인테리어로 살을 붙이고 책을 꽂히면서 비로소 피가 도는 살아있는 공간이 된 느낌이었어요. 이 공간을 어떻게 어떤 식으로 채울지 직원들의 의견을 받아 가며 초대 관장님이었던 이종창 관장님이 애를 많이 쓰셨죠.

지금은 구산동도서관마을이 전국적으로 알려졌죠. 그 첫 번째 이유는 건축이에요. 와 보셨던 분들은 낡은 빌라들을 리모델링했는데 이렇게 예쁘게 나온 것에 놀랍니다. 건축상도 많이 받았고요. 안 와보신 분들도 한 번쯤 와보고 싶어지는 그런 곳이 아닐까요. 다른 이유는 도서관을 만들기 위한 주민들의 노력이 운영에까지 이르렀다는 성장 스토리, 민과 관이 하나로 움직여 이뤄낸 보기 드문 사례라는 의미도 있겠죠. 하지만 가장 큰 이유는 도서관이 열 살을 먹도록 주민이 주체가 되어 움직이고 있다는 점이에요. 처음의 뜻과 정신이 이어지며 도서관을 주인처럼 아끼고 있다는 게 느껴지거든요. 돌아보니 아픔도 많았지만 그래도 자랑스러움이 더 크게 남네요. 앞으로도 이용자들의 의견과 바람을 받아 안으며 사랑받는 도서관이 되기를 바랍니다.

박정아는 구산동도서관마을 건립 당시 마스터플래너로 활동했다. 이 경험을 바탕으로 도서관 직원으로 10년간 근무했다. 현재는 은퇴 후 새로운 삶을 모색 중이다.

도서관을 세운 또 하나의 이름, 협동조합

김어지나

저는 은평구에서 어린 시절을 보내고 결혼하고 아이를 키우며 살았습니다. 2013년 '도서관마을학교'에서 마을독서활동가를 양성한다는 포스터를 보고 제일 먼저 든 생각은 '재미있겠다'였습니다. 독서 활동을 하며 동네 사람들을 만나고 활동할 수 있다는 기대도 있었습니다. 우리 동네에 공공도서관이 생긴다는 소식에 마음이 두근두근하며 도서관마을학교 강연도 듣고 함께한 주민들과 동아리를 만들어 활동하였습니다.

우리는 도서관이 건립되는 과정을 구경만 하는 것이 아니라 주민이 설계 과정에서 의견을 내기도 하고 직접 부지를 방문해 참관하였습니다. 동별로 회의도 하고, 설명회도 가고 헌책방이나 북카페가 있었으면 좋겠다는 의견도 냈습니다. 뒤뜰에선 생태교육도 하고, 동네 부엌을 만들어 요리 교실도 진행하면 좋겠다고도 했어요. 또 강아지를 데리고 올 수 있으면 좋겠다 등 다양한 의견이 나왔습니다. 우리가 냈던 의견이 모두 이루어진 것은 아니었지만 함께 상상하고 꿈꾸었던 생각들을 이야기할 수 있어 좋았습니다.

당시 은평구에서 활동 중인 단체들이 주민들이 도서관 운영 주체가 되도록 힘을 모아주었습니다. 주민들의 민주적인 의사결정을 가져가기 위해서는 협동조합이 좋겠다는 생각이 모였습니다. 은평두레생활협동조합, 생태보전시민모임 산하법인인 에코상상사업단, 어린이도서연구회 은평지회, 마을n도서관, 문예콘서트 등 5개 법인과 협동조합을 만들었습니다. 위탁받은 이듬해에는 도서관 운영과 함께 어린이와 청소년을 위한 사업 등 비영리법인으로 사업을 확장하기 위해 교육부인가 사회적 협동조합으로 전환하여 은평도서관마을사회적협동조합(이하 은도사협)이 되었습니다.

은도사협의 시작은 도서관 위탁 운영이었지만 설립하고 나서 보니 동네에도 할 일이 아주 많았습니다. 도서관에서 일하는 직원 조합원과 함께 일반 조합원들은 마을독서활동가로 어린이, 시니어, 장애인, 학교 밖 청소년 등 취약계층을 대상으로 하는 독서문화프로그램을 만들었습니다. 책놀이 활동이 필요한 동네 기관이나 단체를 방문해서 연간 수천 회의 독서프로그램과 교육복지 사각지대 정서 돌봄을 하는 조직으로 성장하였습니다.

2024년 봄부터 해마다 동네 어린이들이 멀리 가지 않고 동네에서 책을 마음껏 접할 수 있는 행사를 만들었습니다. 은도사협 산하기관들과 지역 시민사회단체들이 모여 '어린이 책놀이 한마당'을 열었고, 은평구 어린이들이 종일 놀 수 있는 책 축제로 매년 수천여 명이 참여하고 있습니다.

은도사협은 영리를 목적으로 하지 않으며, 공동체 문제를 해결하고 공익을 실현하는 역할을 합니다. 사람 중심, 지역 중심, 공익 중심으로 사회적 가치를 우선하며, 민주적 운영과 구성원 모두가 주체로 참여하는 과정이 중요한 조직입니다. 모이면 재밌고 함께하면 즐거운 힘 받는 조직이어야 오래 간다는 말처럼 지역사회에 기여라는 협동조합의 원칙을 잘 실천해 나가겠습니다.

우리가 함께 만들어낸 소중한 공간, 구산동도서관마을이 계속해서 주민들이 소통하고 교류하는 커뮤니티의 중심이 되었으면 합니다.

은평도서관마을사회적협동조합

은평도서관마을사회적협동조합(이하 은도사협)은 책 읽는 건강한 사회를 조성하고 지역의 교육환경 개선과 주민의 삶의 질 향상을 위해 설립된 사회적협동조합이다. 2015년 은평구청으로부터 구산동도서관마을을 수탁받아 개관부터 현재까지 10년째 운영하고 있다. 현재 학교 밖 청소년을 지원하는 청소년도서관 작공과 주민들의 우리 동네 책아지트 초록길작은서관을 운영하고 있으며 구산동도서관마을을 포함하여 은평 7호점, 11호점 우리동네키움센터를 수탁 운영하고 있다.

은도사협은 은평구 주민들이 조합원으로 참여하여 설립한 협동조합으로 공익을 추구하는 비영리법인이다. '서로 성장하는 교육, 모두가 함께하는 돌봄, 즐거운 도서관 문화 운동을 비전'으로 책 읽는 건강한 사회를 조성하고 지역의 교육환경 개선, 도서관 문화 운동 등을 통해 지역 주민들의 삶의 질 향상에 기여하고자 한다. 특히 사회적 약자, 어린이, 청소년, 시니어, 학교 밖 아이들 등 누구도 소외되지 않는 교육으로 건강한 사회를 지향하고 있다. 은도사협은 앞으로도 언제나 함께하는 이웃이 될 예정이다.

혹시나 취업 사기?

김종구

구산동도서관마을은 처음부터 어딘가 묘했다. 내가 처음으로 그 이름을 본 곳은 포털 사이트 카페 '사서e마을(사서직 커뮤니티)'에 올라온 채용 공고였다.

익숙한 공공도서관의 이름은 '○○도서관'으로 끝난다. 그런데 이곳은 도서관 뒤에 '마을'이 붙었다. 이름부터 낯설었다. 더 이상한 건, 포털 사이트에 '구산동도서관마을'을 검색해도 도서관 정보가 나오지 않는 것이었다. 심지어 도서관 홈페이지도 찾을 수 없었다. 혹시 뉴스에서나 봤던 취업 사기가 아닐까. 내 개인정보가 담긴 이력서를 보내도 괜찮을지 온갖 의구심이 들었다. 서울살이를 시작한 지 3년쯤 되었지만, 주변에 물어볼 사람도 마땅히 없었다. 아마 그때 공공도서관에서 일해보고 싶다는 간절한 마음이 없었다면 이력서를 제출하지 않았을 것이다.

면접 당일 도서관 건물을 보는 순간, 또 한 번 묘했다. 도서관은 주택가 한가운데 자리 잡고 있었다. 내가 어린 시절 이용했던 도서관은 시내 외곽 체육공원을 지나 산 아래에 있었고 취업을 준비하던 시절 다니던 도서관은 늘 구청이나 관공서 옆에 있었다. 주택가 사이에 있는 공공도서관은 처음이었다. 게다가 어디에도 '구산동도서관마을'이라는 간판조차 없었다.

내가 잘못 찾아온 건 아닐까, 이곳이 정말 도서관이 맞을까 불안해졌을 때, 누군가 문밖으로 나와 안으로 들어오라고 안내하였다. 안으로 들어가니 더 묘했다. 아무것도 없었다. 책도 책상과 의자도 없었다. 안내데스크도 없었고, 도서관 게시판 같은 것도 보이지 않았다. CCTV조차 설치되어 있지 않았다. 도서관 이용자는 당연히 보이지 않았다. 내부 구조는 미로와 같이 복잡했고 건물 내부인데도 빌라의 외벽이 보였다. 여기가 몇 층인지조차 헷갈렸고 내가 밖으로 다시 나갈 수 있을지 걱정이 들기도 했다. 그 순간만큼은 면접 합격 여부는 중요하지 않았다. 왜 계셨는지 몰랐지만, 안전모를 쓴 아저씨들을 보고 오히려 위안이 되기도 하였다.

면접을 보면서 알게 되었다. 구산동도서관마을은 아직 완공이 안 되어 있다는 사실. 개관 준비부터 시작해야 한다는 사실. 아무것도 없는 이 공간을 우리가 채워 넣어야 한다는 사실. 면접이 끝난 후 근처 '마야네 사과나무' 카페에 앉아 잠시 생각을 정리하기로 했다. 내가 생각한 구산동도서관마을의 모습은 안내데스크가 있고, 사서를 포함한 근무하는 직원이 있고, 책이 있고, 이용자가 있으며, 책을 볼 수 있는 자리가 있고 공부하는 열람실이 있어야 했다. 거기에 내가 만약에 최종 합격한다면 근무할 수 있는 자리만 있으면 되는 줄 알았다. 그런데 아무것도 없었다.

막막했다. 사실 조금은 겁도 났다. 무엇부터 시작해야 할지, 어떻게 해야 하는 건지 그려지지 않았다. 결과는 합격이었고, 나는 그 이후 10년 동안 구산동도서관마을과 함께 보냈다. 개관 준비하는 기간은 서툴고 불안하며, 어설프고 고단한 시간이었다. 그래도 지금 생각해보면 다시는 경험할 수 없는 소중한 시간이었다. 우리는 도서관의 모든 요소를 직접 상상하고 자유롭게 생각을 나누었고 논의하였으며, 도서관에 반영하였다. 자료실 위치, 도서관 가구, 공간 구성, 홈페이지까지 우리의 생각이 반영되고 실현되었다. 도서관 노래를 만들어보자는 의견이 나와 실제로 노래 가사도 쓰고 녹음까지 했다. 그 노래는 지금도 도서관을 열거나 닫을 때 흘러나온다.

도서관 안에서만 개관 준비를 했던 건 아니었다. 우리는 동네 주민들을 직접 만나 이야기를 들었고, 지역에서 활동하는 단체도 만났다. 은평구 곳곳의 기관을 찾아가 설명을 듣는 시간도 가졌다. 그런 시간이 쌓이면서 '도서관'이라는 공간을 단순한 건물이 아니라 동네와 긴밀히 호흡하는 하나의 유기체로 보이게 되었다. 그래서 기존에 있던 빌라를 부수지 않고 세 채를 연결해 리모델링을 했던 이유도 조금이나마 이해할 수 있을 것 같았다. 동네가 가지고 있는 이야기를 지우지 않고, 그대로의 이야기를 도서관에 담아 마을과 함께하는 공간을 만들고 싶었던 것은 아닐지 조심스레 생각해본다.

지금도 도서관에서 일하는 건 쉽지 않다. 하지만 나는 도서관에서 일하는 것이 좋다. 때로는 다양한 이용자 사이에서 어려움을 겪기도 하지만, 우리를 보고 밝게 웃어주며 고맙다는 말 한마디를 건네는 이용자가 있어 좋다. 경쟁을 당연하게 여기는 시대 속에 지역과 협력, 공생을 말할 수 있는 도서관이 좋다. 이웃과 단절이 아닌, 서로를 알아보고 눈을 마주치며 인사 나눌 수 있는 구산동도서관마을이 좋다. 그리고 그런 도서관 가까이에 산이 있고, 자전거를 탈 수 있는 천이 있는 은평구가 좋다. 그래서 나는 은평구에 왔고 여전히 은평구에 살고 있으며, 오늘도 도서관으로 출근한다.

김종구는 구산동도서관마을 정보서비스 팀장으로, 동에 번쩍 서에 번쩍하며 도서관에 어려운 일이 생기면 언제든 나타나 해결하는 황금 열쇠로 유명하다.

저 노랑머리들을
도서관에 들어오게 할 것인가?

문선미

2009년 대조동 주민센터 옆을 지나가다 예쁜 집을 발견했다. 아들내미 손을 잡고 들어간 그곳에서 시간 가는 줄 모르고 책을 읽었다. 수많은 그림책과 또래 엄마들이 있던 그곳은 꿈나무어린이도서관이었다. 얼마 지나지 않아 자원봉사를 신청했다. 엄마 활동가끼리 순서를 짜 공간을 지키고 도서관 곳곳을 쓸고 닦았다. 코딱지만 한 운영비를 쥐어짜 치러내는 많은 교육과 행사를 지켜보며 궂은일을 도왔다.

어느 날 도서관 인근 공원을 빙빙 돌고 있는 청소년들을 한 선생님이 불렀고, 그 아이들은 가끔 담배 냄새를 풍기며 도서관에 들어와 놀았다. 어린이도서관에 무서운 형들이 들락거리면 정작 아이들이 못 오는 것 아닌가, 이러지도 저러지도 못하던 활동가들은 회의를 열었다. '저 노랑머리 청소년들을 도서관에 들어오게 할 것인가.'

입장은 두 갈래로 나뉘었다. 누구나 오고 싶을 때 도서관에 올 수 있어야 한다는 쪽에 손을 들었다. 그러나 어린이도서관에서 청소년들이 자유롭게 할 수 있는 일보단 이거 조심하고 저거 하지 말라는 제약이 더 많았다. 결국, 아무도 환영하지 않는 청소년들을 위한 별도의 공간이 마련되었다. 쇠락의 기운이 풀풀 풍기는 역촌시장 안, 빈 점포에 2010년 청소년 거점 공간 '작공'이 문을 열었다. 동네에서 침 좀 뱉던 애들이 하나둘씩 작공을 기웃대기 시작했다. 왔다 그냥 스쳐 가기도 하지만 한 번 마음 열기 시작하면 무진장 찐한 정을 나누는 작공에서도 나는 자원봉사를 하기 시작했다.

집 앞 공원에는 새벽이면 오토바이 소리, 절반은 욕설인 떠드는 소리로 시끄러웠고 열린 창문으로 올라오는 담배 냄새에 새벽잠을 설쳤다. 하루는 작공에 가서 아이들한테 하소연하듯 이야기를 했더니 웬걸, 다음날부터 아이들도 오토바이 소리도 들리지 않아 신기하고 기특했다.

이런 작공은 2013년 동네 사람들의 책을 기증받아 갈현동 길마공원 앞에 작은도서관으로 개관했다. 아이들은 골목상상축제에 참여해 밴드 공연을 하고, 벼룩시장을 열어 동네 어른들과 어울리는 재미를 느꼈다. 어딜 가도 따가운 눈총에 익숙하던 아이들은 그렇게 서서히 마을에, 사람에 스며들고 있었다. 언제 경찰이 찾아올지 몰라, 언제 옆 상가의 항의 방문이 있을지 몰라, 매일 살얼음을 딛는 것 같은 일상이었지만, 이미 담배 냄새가 신경 쓰이지 않고 애들끼리 주고받는 욕의 뜻을 감지할 무렵 도통 알 수 없던 청소년들의 생각과 생활이 조금씩 이해되기 시작했다. 그리고 15년 경력 단절 여성이던 나는 작공에서 일을 시작했다. 그곳엔 책과 돌봐야 하는 아이들이 있었다.

2009년 대조동꿈나무어린이도서관 시절, 활동가들과 함께 평생학습관에서 은평 시민 사서 양성 교육을 들었다. 작공 근무를 하던 2014년부터는 도서관마을학교 교육에 참여하면서 구산동에 도서관이 들어서면 나중에 지어질 도서관에서 활동하고자 '탐구아리'라는 동아리에도 참가했다. 도서관마을학교 수강생들과 함께 아직 공사 중인 현장을 방문하여 건축 상황을 지켜보면서 주민들이 제안한 내용이 어떻게 건물에 녹아들지 상상해 보기도 했다. 같은 해에 마을n도서관이 짧게 위탁받은 은평뉴타운 4단지의 작은도서관에 관장으로 파견근무를 했다. 책을 정리하고 입주민들에게 도서관을 홍보하고 프로그램을 진행하며 아파트 단지 안에 도서관을 안착시키는 일을 하다 보니 도서관에 더욱 전문성을 가지고 싶어졌다.

2015년 7월 도서관이 완공되자 도서관마을활동가 몇몇이 직원으로 들어갔고 나도 행정직으로 근무를 시작했다. 아직 시멘트 냄새가 가시지 않고 책상도 변변히 없던 공간에서 구산동도서관마을의 첫 출근부를 찍기 시작했다.

개관 준비로 모두 바쁘게 움직였다. 해도 해도 계속 공문이 왔고 서류를 제출해야 했다. 밀린 공부를 하듯 다른 도서관의 회계 및 행정 운영을 알아보고 적용해야 했다.

책이 들어오고 가구가 들어오고 마침내 11월, 도서관이 개관을 앞두게 되었다. 문예콘서트의 김대욱 씨가 작곡하고 직원들이 쓴 가사를 초대 관장이던 이종창 관장이 다듬어 '도서관 송'이 완성되었다. 개관 준비로 바쁜 와중에도 주민 합창단의 지도로 연습이 이어졌다. 스튜디오에서 직원들과 합창단이 함께 녹음했고, 저녁마다 모여 연습을 거듭한 끝에 모두 한마음으로 개관식 무대에 섰다. 어느 도서관이 직원과 주민이 함께 개관식을 빛내는 공연을 했을까. 마을 속 도서관이, 도서관 속 마을이 우리 도서관의 정체성으로 깊이 새겨지던 순간이었다.

개관하면 한숨 돌릴 줄 알았으나 더 바빠졌고, 다른 한편에선 도서관의 전문성에 대한 갈증이 커졌다. 토요일이면 종일 남산에 있는 숭의여대 평생교육원에서 강의를 들었고 1년 반 만에 사서 자격증을 가질 수 있었다.

현재는 지역의 작은도서관들을 다니며 필요한 지원과 프로그램을 진행하는 업무를 담당하고 있다. 지역을 잘 아는 활동가가 공공도서관의 사서가 되어 지역에 할 수 있는 일은 어디까지인지 지금도 고민하며 주민들과 생각을 나누고 있다. 도서관에 발을 디디며 펼쳐진 나의 인생 2막을 함께해주고 있는 동료와 지역 주민들에게 고마운 마음을 전하고 싶다.

문선미는 대조동꿈나무어린이도서관, 청소년도서관 작공, 마을n도서관, 은평두레생협 등에서 활동했으며 현재 구산동도서관마을 작은도서관 담당 사서로 일하고 있다.

사서의 덕질

박유선

사서가 될 거라곤 생각한 적이 없었다. 어릴 때 꿈은 영화 스크롤에 이름을 올리는 것이었다. 더 어릴 때는 코카콜라 사장이 되어 종일 콜라만 먹는 것이 꿈이었다. 사서나 도서관은 내 꿈의 목록에 없었다. 도서관에는 책을 빌리러 가곤 했지만, 오래 머물러 본 적은 없었다. 그곳은 늘 조용해야 해서 말도 하면 안 되고 씩씩하게 걸어도 눈총받았다. 나에게 도서관은 혼나는 곳이었다.

서른이 다 되어갈 즈음, 시골의 어떤 회관 안에 있던 도서실에서 선배를 기다리고 있었다. 초등학교 3학년쯤 된 남자아이가 도서실로 들어오더니 가방을 내던지고 무릎으로 미끄러져 서가로 갔다. 마치 자기 방처럼. 조심스러운 몸짓이 하나도 없었다. 그러다 커피를 든 할아버지가 들어왔다. 감나무집 할매는 잘 있는지, 장구 수업은 또 휴강인지, 동네 이야기를 나누며 사서에게 커피를 건넸다. 목소리도 소곤거리지 않고 그저 평이했다. 그 공간에는 긴장감이 없었다. 도서관이 이렇게 자유로울 수 있다는 게 신기했다. 그게 시작이었다.

그즈음 하던 일에 회의감이 들던 때라, 도서관에서 일하는 방법을 찾아보기 시작했다. 사서가 되기 위해서는 '사서 자격증'이 필요하고 이를 위한 교육 기관이 있다는 것을 처음 알았다. 다니던 직장의 퇴근은 여섯 시, 수업은 여섯 시 반에 시작됐다. 집에 들를 시간은 없었다. 매일같이 편의점 삼각김밥을 저녁으로 먹으며 택시를 탔다. 그렇게 일 년을 버텼다. 자격증을 취득하던 날 묘하게 뿌듯했다.

그렇게 사서 자격을 취득하고, 몇몇 도서관을 거쳐 지금은 구산동도서관마을에 있다. 면접을 보기 위해 구산동도서관마을에 왔을 때 처음 든 생각은 '와, 창문 많다'였다. 복도 끝까지 이어지는 차갑고 파란 형광등 불빛 대신, 따뜻한 주황의 햇살이 들어오는 도서관이었다. 서가의 먼지조차 반짝반짝 보이게 하던 햇빛은 지금도 또렷하게 그려진다. 두 번째로 든 생각은 '종합자료실은 어디지?'였다. 여긴 자료실 문이 없어 경계가 모호하다. 구획을 나누지 않는다는 건 혼란을 줄 수도 있지만, 대신 서로 어우러지게 한다. 공간도 이상하다. 계단을 오르다 보면 다시 내려가게 된다. 건물도 네모반듯하지 않아서, 골목을 산책하듯 걸으며 이동하게 된다. 생각이 막힐 때면 지금도 도서관 안을 걷는다. 여름엔 에어컨 밑에서 시원하게, 겨울에도 외투 없이 따뜻하게 산책할 수 있다.

구산동도서관마을에 여러 업무를 거쳐 지금은 만화자료실에 왔다. 어릴 적 〈아르미안의 네 딸들〉로 '인생은 언제나 예측불허'임을 알았고, 〈슬램덩크〉로 '왼손은 거들 뿐'인 농구를 배웠던 나에게 이곳은 덕업일치의 현장이다.

언젠가 '사서의 덕질'을 전시한 적이 있다. 어떤 사서는 건프라를, 또 다른 사서는 뽑기 인형을 가져왔다. 나는 '타무라 유미'의 작품들을 전시했다. 그 덕에 〈바사라〉를 좋아하는 이용자를 만났다. 취향이 같아 자주 만화 얘기를 나누고, 새로 나온 만화를 추천하고, 만화계 이슈를 전해주기도 하고, 자관에 없는 개인 소장 책을 빌려주기도 한다. 주말마다 오시는 분이라 이번 주에도 오시려나 기다리게 된다.

만화자료실에는 같은 만화를 함께 보는 가족과, 각자의 취향으로 웃고 고민하며 즐기는 이용자들이 있다. 서가에서 추억을 발견하고 좋아하는 것을 마음껏 나누고 싶어 하는 마음들이 모여 있다. 좋아하는 것을 마음껏 좋아할 수 있는 이곳이 좋다.

박유선은 구산동도서관마을 만화자료실 사서로 근무 중이다. 느긋하면서도 융통성 있게 일처리를 잘해서 도서관 내에서 일잘러로 통한다.

벽돌 하나에 담긴 마음

선경희

저는 '은평마을예술창작소 별별곳간'을 운영하고 있습니다. 누구나 드나들며 상상한 것을 무엇이든 시도할 수 있는 공간이지요. 2014년 처음 문을 열고 지금까지 주민들과 함께 크고 작은 문화 실험을 이어오고 있습니다. 은평두레생활협동조합 이사장으로, 꿈꾸는합창단의 지휘자로 10여 년 넘도록 활동해온 저에게 가끔 은평구의 자랑거리를 소개해달라는 요청이 들어오곤 합니다. 그럴 때마다 구산동도서관마을을 빼놓지 않습니다.

구산동도서관마을은 만들어지는 모든 과정에 주민의 의견을 모았던 주민참여로 유명한 도서관이죠. 이제는 그 운영까지 주민들이 만든 조직, 은평도서관마을사회적협동조합(은도사협)이 맡고 있습니다. 도서관의 직원으로 들어간 마을활동가들은 수많은 책임과 새로운 관계를 맺기 위해 적응의 과정이 필요하기도 했죠. 하지만 이내 풍부한 마을 활동 경험을 바탕으로 다양한 프로그램을 발굴하고 선보이며 지역 연계에서는 발군의 실력을 발휘했습니다. 또 도서관 직원으로 출발해 지역을 알아나가고 지역 활동을 지지하는 젊은 직원들도 있었으니 이들이 곧 은평구와 도서관의 미래일 겁니다. 무엇보다 같은 동네 주민이면서 직원으로 이용자를 맞이하는 친절과 친근감은 남다릅니다.

구산동도서관마을은 지역의 생태와 문화 활동을 잇는 거점이 되고 있습니다. 은평에는 텃밭을 가꾸고 숲을 돌보는 주민들이 많습니다. 도서관은 그들과 자연스럽게 연결되며 책과 배움, 생활을 이어주는 통로가 됩니다. 도서관에서 도시농부학교를 진행하고, 야외 마당에서 텃밭을 일구어 이용자들이 '베란다 텃밭'이라는 이름으로 직접 키우도록 지원하기도 했죠. 아이들과 함께 책을 읽고 나서 씨앗을 심거나 환경과 생태를 주제로 한 '우리 동네 숲 놀이' 등 프로그램을 통해 배움이 삶으로 확장됩니다.

도서관은 또 별별곳간 같은 생활 문화 거점과 협력하며 초록길도서관 같은 작은도서관을 지원하면서 지역의 문화망을 단단히 엮어왔습니다. 별별곳간에서 터를 잡고 활동 중인 꿈꾸는 합창단과 랄랄라밴드는 도서관에서 펼쳐지는 행사의 가장 주요한 문화 파트너입니다. 각종 기념식과 축제의 한 코너를 맡아 지역 문화의 격을 올려놨고요. 책을 매개로 모인 사람들은 서로의 활동을 지지하고 마을의 문화를 함께 키워왔습니다. 구산동도서관마을은 이제 '읽는 곳'을 넘어 '함께 배우고 살아가는 플랫폼'이자 지역 자원을 연결하는 허브로 자리잡았습니다.

벽돌은 혼자서는 그저 작은 조각일 뿐이지만 차곡차곡 쌓이면 튼튼한 집이 되듯, 주민 한 사람 한 사람의 의견과 손길이 모여 도서관이 되었습니다. 그 안에는 웃음도, 갈등도, 버티며 쌓아 올린 정성도 함께 들어있습니다. 이곳은 단순한 건물이 아니라 사람과 마을이 함께 지어 올린 역사입니다. 저는 구산동도서관마을이 주민과 함께 만들어가는 도서관으로 계속 남기를 간절히 바랍니다. 책을 넘어 사람과 사람이 이어지고, 마을이 살아 숨 쉬는 공간으로 언제까지나 존재하기를. 그것이 도서관의 고유한 힘이며 우리가 지켜야 할 소중한 보물이라고 믿습니다.

선경희는 은평구 마을활동가이자 꿈꾸는 합창단 지휘자로 다양한 시민 활동을 이어가며, 구산동도서관마을 프로그램을 알차게 이용하는 주민이다.

할머니, 왜 맨날 도서관에 있어요?

이선주

"할머니! 어디예요? 왜 맨날 도서관에 있어요?"

핸드폰 건너 들리는 손녀 가온이의 목소리. 서가 사이에 서서 책등을 닦고 있었던 별다를 것 없는 평범한 오전, 네 목소리를 들으니 할머니의 마음이 한결 밝아졌어. 오늘은 내가 매일 찾는 이곳 구산동도서관마을의 이야기를 들려줄게.

90년대 할머니가 살았던 갈현동은 아파트가 많은 지금과는 달랐어. 주택 사이로 아이들 웃음소리가 끊이지 않았고, 이웃끼리의 정도 깊었던 시절이었어. 아쉬움이 하나 있었는데 아이들은 많은데 걸어서 갈 만한 도서관이 하나도 없었어. 우리 가족은 십 년쯤 살다가 네 아빠가 초등학교 3학년이 되던 해에 다른 곳으로 이사했지.

어느 날, 신문에서 구산동도서관마을이 생긴다는 기사를 보았지. 얼마나 놀랍고 반가웠는지 몰라. 오래전 내가 살던 바로 그 골목에 도서관이 들어선다니. 빌라를 허물지 않고 이어지어 만든 도서관이라는 점도 신기했지. 그날 나는 마음속으로 조용히 결심했어. 아이들을 다 키우고 은퇴할 즈음엔 꼭 다시 이 동네로 돌아오자. 그때의 아쉬움을 채워줄 공간이 비로소 생겼으니까.

그리고 2020년 6월, 나는 다시 갈현동으로 돌아왔어. 할아버지가 은퇴하고 아이들이 제 삶을 찾아 떠난 뒤, 마음은 자연스럽게 이곳으로 향했지. 돌아온 이유 중 가장 큰 건 도서관이 있었기 때문이야. 아이들을 키우며 누리지 못했던 배움과 여유를 이제라도 이어가고 싶었거든. 처음엔 그저 책을 읽으러 매일 들렀어. 그러다 사서 선생님들과 눈인사를 나누게 되었고, 어느 날 벽에 붙어 있던 자원봉사 모집 포스터가 눈에 들어왔지. "나이 많은 제가 해도 괜찮을까요?" 조심스레 묻자 사서 선생님들이 환하게 웃으며 "그럼요. 언제든 환영이에요!"라고 말해주었어. 그 따뜻한 한마디가 큰 용기가 되었단다.

그때부터 매주 수요일 오전, 두 시간 동안 서가 정리 봉사를 하고 있어. 책등을 닦고, 처음 온 사람들에게 자리를 안내하고, 제자리를 찾지 못한 책을 다시 돌려놓는 일. 겉으론 단순하지만, 누군가의 하루를 돕는 소중한 일이야.

도서관이 봉사만 하는 곳은 아니야. 나는 이곳에서 여전히 배우고 있어. '길 위의 인문학'을 따라 문학사와 미술사의 흐름을 여행하기도 하고, 작가와 함께 책을 읽는 프로그램도 여러 번 참여했어. 나이가 들어도 배움의 문이 닫히지 않는다는 사실, 그게 도서관이 준 가장 큰 선물이야.

내가 왜 도서관에 가는지 알겠지? 아이들이 뛰어놀던 골목에 이제는 책과 사람이 모여 서로의 삶을 이어주는 마당이 생겼어. 나는 그 안에서 배우고, 돕고, 웃고, 다시 걸음을 딛는다. 너와 함께 도서관에 온 적도 있었지. 도서관 어린이자료실에서 책 표지를 하나하나 바라보며 가온이는 이렇게 말했지. "나, 이 책들 표지 다 보고 갈 거야!" 네 말이 얼마나 귀여웠는지 모른다. 책을 다 읽지 않아도 괜찮다. 표지에 시선을 머물고, 그림 속 인물과 눈을 맞추는 것도 괜찮은 독서 방식이야. 도서관은 각자의 속도를 존중하는 곳이니까.

가온아, 네가 앞으로 살면서 힘들고 답답한 날이 온다면 도서관으로 가보렴. 책에서도, 사람에서도 위로를 얻을 수 있을 거야. 사서 선생님, 자원봉사자, 아니면 우연히 만난 누군가가 너에게 이렇게 말해줄지도 몰라. 괜찮아, 천천히 해도 돼.

밤의 도서관, 나만의 방

김마미

버지니아 울프는 〈자기만의 방〉에서 여성이 글을 쓸 때 필요한 것은 자기만의 방과 약간의 돈이라고 했다. 결혼과 육아로 나의 시간과 방은 자꾸 허물어졌지만, 그 말이 오래도록 마음에 남았다. 아이들을 키우는 일은 분명 소중했다. 하지만 동시에 '엄마'라는 이름에 갇혀 나만의 시간을 잃어버리는 기분이 들 때가 많았다. 나에게도 방이 필요했다. 나만의 시간, 나만의 자리. 그 방이 되어준 곳이 바로 구산동도서관마을이다.

아이 셋과 복닥거리며 저녁 식사를 마친 늦은 밤이면 한 손엔 스케치북, 다른 한 손엔 노트북을 들고 도서관으로 향한다. 밤 10시까지 지역 주민을 위해 환하게 불이 켜져 있는 구산동도서관마을이 나를 기다리고 있다. 도서관에서 내가 가장 좋아하는 자리, 4층 창가 아래 달빛과 불빛이 부드럽게 내려앉는 그 자리에서 그림을 그리고 글을 쓰며 조금씩 잊고 지냈던 나를 다시 만난다.

2011년 무렵 대조동꿈나무도서관에서 자원활동가로 일했다. 마을활동가들과 함께 책을 매개로 다양한 활동을 했고, 특히 이주여성들을 돕는 지원 활동에 열정을 많이 쏟았다. 낯선 땅에서 살아가는 그분들과 웃음과 눈물을 나누는 경험은 책이 단순히 지식을 주는 도구가 아니라 사람을 연결하는 다리라는 걸 새삼 깨닫게 해주었다.

아이 셋을 낳고 키우며 활동을 멈추고 있던 중, 구산동도서관마을의 개관 소식을 들었다. 주민이 주체가 되어 직접 도서관을 만들고 운영한다니 그 소식만으로도 가슴이 뛰었다. 구산동도서관마을이 문을 열었을 때는 마치 오래 기다리던 선물을 받은 듯

기뻤다. 아이들은 도서관에서 저마다의 시간을 보냈고 나는 아이들을 온전히 혼자 돌보지 않아도 되는 안도감을 얻었다. 어쩌면 도서관이 나와 함께 아이들을 키워준 셈이었다.

2016년쯤, 은평구 자치 모임인 별별곳간에서 글과 그림을 배우기 시작했다. 마을 여성들이 모여 자신을 돌아보고 이야기하고 글을 쓰고 그림을 그리는 소박한 모임이었다. 그런데 마음속 갈증이 점점 커지면서 그림책을 직접 쓰고 그리는 1년짜리 워크숍으로 이어졌다.

그림에 대한 열정은 점점 커졌다. 아이 셋을 키우며 허덕이던 내가 밤마다 그림에 몰두하는 시간을 가졌다는 사실이 지금 생각해도 신기하다. 그리고 마침내 2020년, 첫 번째 그림책 〈사월의 춤〉을 세상에 내놓을 수 있었다. 책이 나오던 날, 마치 또 한 아이를 품에 안은 듯 벅찬 기분이었다. 또 전국의 그림 그리는 사람들과 함께하는 1일 1 그림 온라인 프로젝트인 '내가 그린 기린 그림' 전시를 진행하면서 오프라인 전시에 뜻있는 사람들과 프로젝트를 진행해 구산동도서관마을 전시를 했다. 나의 첫 책 〈사월의 춤〉 원화 전시회를 열기도 하고 모임의 전시도 매년 이어지고 있다. 두 번째, 세 번째 책을 구상하며 더 넓은 길을 그려나가는 중이다.

구산동도서관마을은 내게 자기만의 방을 허락했고 그 속에서 제2의 인생이 열렸다. 낮에는 아이들이 도서관에서 뛰놀며 자라났고 밤에는 내가 도서관에서 나 자신으로 자라났다. 오늘도 나는 하루의 일과를 마치고 가벼운 발걸음으로 도서관을 향한다. 아이들의 웃음소리가 아직 남아 있는 복도를 지나 창가 아래 내 자리에 앉는다. 가족을 돌본 뒤 마침내 찾은 나만의 시간, 나만의 공간. 그곳에서 그림을 그리고 글을 쓰며 비로소 진정한 나를 다시 만난다.

작은 물꼬 하나를 트는 우리들

김인순

아이가 다니는 기관에서 새로 생긴 도서관을 견학한다고 했을 때, 사실 큰 기대는 없었다. 어디에나 있는 도서관 하나 생겼나보다 생각했기 때문이다. 그런데 다녀온 아이가 잠들기 전까지 들뜬 목소리로 말했다.

"엄마, 거긴 동네 사람들이 같이 만든 도서관이래요!"

그 말이 참 오래 남았다. 마을 사람들이 만든 도서관? 그 궁금증이 나를 구산동도서관마을로 데려갔다.

처음 방문했을 때는 비어 있는 공간처럼 느껴졌지만, 몇 번 더 들르다 보니 그 고요함 속에 사람들의 손길과 시간이 배어 있다는 걸 알게 되었다. 어느새 그곳은 나에게 책을 읽는 장소를 넘어, 잠시 숨을 고를 수 있는 작은 쉼터가 되었다.

코로나 이후 대면 활동이 조금씩 다시 열린 시기, 도서관의 '독서활동가 양성과정' 모집 공고를 보았다. 6개월이라는 기간이 부담스러웠지만, 결국 마음을 움직인 건 '이곳에서 더 깊이 배우고 싶다'라는 생각이었다. 강의에서 만난 말들은 '책을 읽는 일은 결국 사람을 읽는 일'이라는 메시지로 이어졌다. 작가와 연구자, 교사, 사서들의 이야기는 모두 다른 결을 가지고 있었지만, 어느 순간 서로를 향해 천천히 닿아갔다. 그들은 책을 매개로 마을이라는 공동체가 어떻게 살아 움직이는지, 책 읽기가 어떻게 관계를 다시 엮어내는지 보여주었다.

온라인 독서교육 활용법도 인상적인 과정이었다. 강의 시작 전 '마음 온도계'로 감정을 점검하고, 직접 퀴즈를 제작해보며 온라인 환경에서도 흥미롭고 창의적인 독서 활동이 가능함을 확인했다. 마지막 강의에서는 활동가로서 역량을 강화하기 위해 기획안과 제안서를 작성하고 발표하는 시간을 가졌다. 수강생들은 구산동도서관마을에서 하고 싶은 활동을 구체화하고 공유하며, 실천 계획을 세우는 소중한 경험을 쌓았다.

나는 그 과정에서 '독서'라는 단어의 의미가 달라지는 경험을 했다. 책을 읽는다는 건 고개를 숙여 페이지를 넘기는 일이 아니라, 고개를 들어 주변을 바라보는 일이기도 했다. 가장 크게 남은 건 '혼자 읽은 책과 함께 읽은 책은 전혀 다른 길을 걷는다'라는 깨달음이었다. 누군가와 책을 나누는 순간, 책은 이제 한 사람의 경험으로 머물지 않고 서로에게 번져갔다. 과정을 마친 뒤 나는 듣는 데서 그치지 않기로 했다.

그림책을 매개로 동네 사람들과 모여 이야기를 나누는 모임을 꾸렸고, 도서관이 연결해준 지역 학교에서 보조 강사로 활동하기 시작했다. 그렇게 만들어진 '물꼬-그림책으로 길을 트다' 동아리는 어느덧 세 해째 이어지고 있다.

모임에서는 한 권의 그림책이 사람을 어떻게 움직이는지 수없이 보았다. 짧은 문장과 몇 장의 그림이지만, 그 안에서 각자의 기억과 감정이 솟아올랐다. 〈민들레는 민들레〉를 읽던 날, 누군가는 흔들리던 마음을 털어놓았고, 〈알사탕〉을 읽던 날에는 '나는 누구에게 어떤 말을 건네고 싶을까?'라는 질문 앞에서 한동안 말이 이어지지 않았다. 그림책은 아이들을 위한 책이라고 생각했지만, 어른이 흘려보낸 마음을 불러오는 데 더 큰 힘이 있다는 걸 배웠다. 그 변화는 책이 한 것이기도 하고, 함께 읽는 사람들이 만들어준 것이기도 했다.

도서관의 개관 기념일 행사에 참여할 때면 '독서활동가'라는 이름의 의미를 새삼 깨닫는다. 아이들에게 책을 읽어주고, 퀴즈를 나누고, 만들기 체험을 함께하다 보면 도서관이라는 공간이 단순한 책의 저장소가 아니라는 게 분명해진다. 특히 초등학교 아이들이 도우미로 와서 공간을 관찰하고 안내하는 모습을 볼 때, 아이들이 읽는 눈빛 자체가 이 도서관의 미래처럼 느껴진다.

독서활동가의 역할은 누군가에게 책을 소개하는 사람이 아니라, 책을 통해 사람 사이에 작은 다리를 놓는 사람이라는 걸 알게 되었다. 교육 과정에서 배웠던 실습과 기술들은 결국 하나의 지점으로 모였다. '책으로 관계를 만든다.'

발달 단계별 독서 지도든, 토론 기법이든, 온라인 도구 활용이든 모두 사람과 책이 만나는 방식을 넓히려는 방법이었다. 하지만 실제 활동하며 더 크게 다가온 건 '기술'이 아니라 '태도'였다. 조급해하지 않는 태도. 책보다 사람을 먼저 보는 태도. 그리고 누군가의 마음이 열리는 순간을 기다려주는 태도.

도서관 현장에서 만나는 어르신들은 그림책 한 장에 자신의 삶을 꺼내놓았고, 은평중학교 특수반 아이들은 천천히, 아주 천천히 마음의 문을 열었다. 처음에는 툭툭거리던 아이가 어느 날 내 손을 잡고 "또 와요"라고 말했을 때, 나는 책이 만들어낸 길이 얼마나 깊은지 실감했다. 책은 여전히 내 곁에 있고, 도서관은 내 마음의 중심에 있다. 나는 그 사이에서 작은 물꼬 하나를 트는 마음으로 오늘도 책 한 권을 펼친다.

도서관에서 자란 아이

임다슬

어렸을 때부터 책 읽기를 좋아했던 나는 고등학교 2학년이던 2015년, 집 앞에 도서관이 생긴다는 소식을 들었다. 초등학교 3학년 때부터 구산동에 살았지만, 주변에는 책을 읽을 만한 공간이 마땅치 않아 늘 학교 도서관이나 만화방을 전전하며 책을 보곤 했다. 그러던 내게 도서관이 생긴다는 소식은 그야말로 꿈만 같았다. 개관 날을 손꼽아 기다리던 그 설렘은 지금도 생생하다. 도서관이 처음 문을 연 날, 지역 주민으로서 구산동도서관마을을 찾았을 때 도서관 같지 않은 도서관의 모습에 감탄했다. 조용하고 정적인 공간으로만 알던 도서관이 이렇게 밝고 활기찰 수 있다니, 그 사실이 놀라웠다. '아, 그래서 이름이 구산동도서관마을이구나!' 누구나 편하게 오고, 함께 어울리며 성장할 수 있는 진짜 '마을 같은 도서관'. 그때 느낀 놀라움과 기대감은 지금도 내 마음속에 깊이 남아 있다.

그 후 나는 매일 도서관을 찾았다. 책을 읽고 공부도 하며 도서관에 머무는 시간이 점점 길어졌다. 그러던 어느 날, 문득 내가 좋아하는 이 공간에서 봉사하면 얼마나 좋을까 하는 생각이 들었다. 그렇게 가볍게 신청한 자원봉사는 내 인생의 전환점이 되었다.

자원봉사를 신청하기 위해 자주 가던 4층 마을자료실 선생님께 찾아가자, 선생님은 "4층은 봉사자가 충분하니 청소년자료실로 가보렴"이라고 하셨다. 그렇게 나는 청소년자료실로 향했고, 평생 잊지 못할 만남이 그곳에서 시작되었다.

처음에는 도서관에서도 단순히 청소나 책 정리 같은 일을 하게 될 줄 알았다. 하지만 청소년자료실의 고정원, 최지희 선생님은 또 한 명의 일꾼이 왔다며 반갑게 맞아주셨고, 나를 궁금해하셨다. 이야기를 듣고는 내 강점을 살릴 수 있는 일들을 맡겨주셨다. 어린이를 좋아하고 잘 돌본다고 어린이 대상 프로그램 진행을 함께하게 하셨고, 컴퓨터를 잘 다룬다는 이유로 시(詩)를 포스터로 만들어 자료실 곳곳에 붙이는 일도 맡았다.

그때 나는 처음으로 '사람 중심의 도서관'이 무엇인지를 느꼈다. 자원봉사자가 많았지만, 누구에게도 똑같은 일을 시키지 않았다. 각자의 성향과 강점을 살려 '잘할 수 있는 일'을 찾아주는 선생님들의 모습에서 구산동도서관마을이 추구하는 방향이 무엇인지 알 수 있었다.

그 인연은 나를 '청화'로 이끌었다. 청화는 구산동도서관마을의 청소년운영위원회로, 청소년이 직접 시설 및 프로그램 운영을 기획·실행·평가하며 주체적인 책임을 수행하는 조직이었다. 청화 활동을 통해 나는 주도적으로 행동하는 법을 배웠고, 다양한 사람과 공간을 만나며 스스로 역량을 넓혀갔다. 매주 회의에서 도서관의 소식과 개선점을 함께 논의하며, 나는 도서관을 더 깊이 이해하게 되었다.

청화에서의 시간은 내게 '도서관은 책만 읽는 공간이 아니라, 사람과 사람이 연결되고 함께 성장하는 공간이구나.'라는 깨달음을 주었다. 청화 활동을 하며 도서관에서 보낸 시간은 내게 아늑하고 포근했다. 자연스럽게 제2의 집이 된 도서관은 나를 한 단계 더 자라게 하는 공간이었다. 학업과 진로 고민으로 힘들 때마다 도서관의 활동이 나를 지탱해주었고, 내 마음속에서는 언젠가 도서관에서 일하고 싶다는 꿈이 자라고 있었다.

성인이 되어 사회생활을 시작한 뒤에도, 그 꿈은 내 마음 한편에 자리하고 있었다. 그러던 어느 날, 도서관에서 회계 직원을 모집한다는 소식을 들었다. 밝고 활기찬 도서관, 사람들이 어울려 성장하는 공간. 내가 좋아하는 공간에서, 좋은 사람들과 함께 일할 기회에 가슴이 뛰었다. 설렘과 두려움이 교차했지만, 결국 용기를 냈다.

그리고 2017년 12월 12일, 떨리는 마음으로 첫 출근을 했다. 처음 맡은 공공도서관 업무는 낯설고 어려웠지만, 선생님들의 응원과 신뢰 속에서 조금씩 익숙해졌다. 행정 업무뿐 아니라 도서관의 전반적인 운영과 이야기를 접하면서, 예전의 '이용자' 시절과는 또 다른 시선으로 도서관을 바라보게 되었고, 익숙했던 공간에서 새로운 면모를 발견하는 일은 또 다른 즐거움이었다.

8년이라는 시간 동안 도서관에서 일하며 기쁘고 행복한 순간이 많았지만, 어려운 일도 있었다. 그럴 때마다 함께 고민하고 해결하며 더 단단해졌고, 지금은 그 모든 순간이 소중한 추억으로 남아 있다.

시간이 지나 도서관의 모습과 분위기는 조금씩 달라졌지만, 변하지 않은 것이 있다면 구산동도서관마을만의 따뜻한 정체성이라고 생각한다. 개관 때부터 도서관을 이용했던 이용자이자, 도서관이 키워준 청소년이었으며, 이제는 도서관과 함께 나아가는 직원으로서 나는 다짐한다. 앞으로도 사람들이 다시 오고 싶다 하는 따뜻하고 정감 있는 도서관의 모습을 지켜나가겠다고.

옷장에서 지구로 관심이 확장되는 순간

이서원

구산동도서관마을에 가면 꼭 들르는 곳이 있다. 바로 사서들이 정성껏 꾸며놓은 3층 북큐레이션 코너이다. 이 코너는 나에게 작은 보물 상자 같은 곳이다. 북큐레이션 코너를 지날 때면 한 번도 들어본 적 없는 제목의 책들이 눈에 띄어 시선을 오래 두게 된다.

나는 그동안 문학 작품이나 자기계발서와 같이 편하게 읽을 수 있는 책이나 요즘 사람들이 많이 읽는 책을 고르는 것에 익숙했다. 그러던 중 도서관을 드나들면서 사서들이 추천한 책을 집어 들었고, 그것이 나의 독서 세계를 바꾼 계기가 되었다.

가장 기억에 남는 책은 북큐레이션 코너에 놓여 있던 이소연 작가의 〈옷을 사지 않기로 했습니다〉이다. 가벼운 호기심으로 책 표지를 펼쳤는데, 책을 읽으면서 패션이라는 익숙한 단어 속에 숨은 불편한 현실을 마주하게 되었다. 우리가 싼 값에 사 입는 옷의 이면에는 플라스틱 섬유와 저임금 노동, 환경 파괴가 있었다. 특히 2013년 방글라데시 라나플라자 붕괴 사고와 관련된 부분을 읽을 때는 숨이 막혔다. 책에는 1,000명이 넘는 노동자가 무너진 공장 속에 갇혔고, 그들이 옷 한 벌을 만들기 위해 14시간씩 일했다고 나와 있었다.

그날 이후로 나는 옷을 쇼핑할 때의 태도가 조금 달라졌다. 책을 통해 '옷을 덜 사야겠다'는 다짐을 넘어 '앞으로 어떻게 살아야 할까'라는 질문을 스스로에게 던지게 된 것이다. 패스트패션, 제로웨이스트, 쓰레기 문제, 그리고 그 모든 것의 중심에 있는 '소비하는 나'에 이르기까지, 한 권의 책은 나의 시야를 넓히고 세상을 바라보는 각도를 완전히 바꿔놓았다.

박하재홍 작가의 〈동물 복지의 시대가 열렸다〉 역시 나의 시야를 열어준 책이다. 책은 센티언스(Sentience) 즉, 감각하고 느끼는 능력을 갖춘 존재로서 동물을 다시 바라보게 했다. 동물 복지가 단순히 보호나 동정의 문제가 아니라, 동물의 본능과 감각에 맞는 삶을 살 수 있게 도와주는 것이라는 설명은 나의 윤리 감각을 완전히 흔들었다. 해먹을 설치한 사육 곰, 장난감을 주는 돼지, 마사지 기계를 좋아하는 소의 사례를 읽으며 동물의 감각에 대해 다시 한번 생각하게 되었다. 책의 후반부에는 척추 유무에 따라 달라지는 동물보호법의 경계, 배양육과 대체육, 개 식용 금지 논의 등 동물에 대한 현실 속 윤리적 딜레마 내용이 이어졌다. 책장을 한 장씩 넘길 때마다 '나의 삶이 다른 생명에게 어떤 영향을 미치고 있나' 하는 질문이 남았다.

이 두 권의 책은 전혀 다른 주제를 다루지만, 결국 '조금 더 나은 방식으로 살아갈 수는 없을까?'라는 이야기로 모아진다. 그 이후 나는 도서관에 가면 일부러 환경, 철학, 여성학, 기술혁신⋯ 평소 절대 안 읽을 것 같은 책을 골라 읽는다. 그런 책을 읽는 것이 처음엔 낯설고 어려웠는데, 어느 순간부터 그 낯섦이 오히려 재미있다. 읽다가 포기한 책도 많지만, 그런 책 한 권 한 권을 통해 내 안의 세계가 조금씩 확장되는 느낌이 든다.

그래서 나는 구산동도서관마을의 북큐레이션 코너를 신뢰한다. 사서들은 책을 소개하는 사람이 아니라 세상과 나를 이어주는 '안내자' 같기 때문이다. 그들이 고른 책을 따라 읽다 보면 어느새 내가 몰랐던 문제를 만나고 나의 생활과 생각을 돌아보게 된다.

책은 언제나 조용히, 그러나 강하게 내 삶의 방향을 틀어놓는다. 도서관 한쪽 코너에 꽂혀 있던 책 한 권이 나의 세계를 바꿀 줄 누가 알았을까. 도서관은 나에게 단순히 책을 읽고 공부하는 공간이 아니라 새로운 나를 발견하는 작은 우주이다.

이서원은 은평구 토박이로, 대학생이 된 후 은평구에 있는 도서관을 순회하다 구산동도서관마을과 눈이 맞아 주말마다 방문한다.

내 소년 시절의 마침표

권용준

2015년 11월 13일 도서관이 개관하던 날, 초등학교 6학년이던 나는 친구 둘과 도서관 구경을 갔다. 내부는 1층부터 4층까지 뻥 뚫려 있었고 층별로 아기자기 쪼개져 있는 게, 다른 도서관들과 전혀 달랐다. 만화자료실이 따로 있다는 것이 큰 충격이었다, 만화를 보는 것에 죄책감을 지니고 있던 나에게 이제 맘껏 읽어도 된다는 허락 같았기 때문이다.

하지만 나의 아지트가 된 곳은 따로 있었으니 누워서 엎드려서 뒹굴뒹굴 굴러다니면서 책을 볼 수 있게 따뜻한 온돌 바닥으로 된 어린이자료실이 바로 그곳이었다. 그날부터 거의 한 달을 하루도 빠지지 않고 매일 친구와 함께 도서관에 갔다. 그러다 보니 사서 선생님들과도 아는 사이(?)가 되었고, 어느새 우리는 '책을 좋아하는 기특한 어린이'가 되어 있었다. 사서 선생님은 너희끼리 독서동아리를 만들어 보면 어떠냐는 제안을 하셨고, 우리 셋은 기왕 단골이 된 김에 더욱더 합법적으로 뒹굴기 위해 독서동아리 '구은감자'를 만들었다. '구운감자를 잘못 쓴 거 아니냐?', '구산중, 은평중 감자들이냐?' 등 구산동과 은평을 연결 짓거나 맞춤법 오류를 의심하는 사람들도 있었지만 사실 당시 하고 있던 게임 속 캐릭터의 이름을 빌린 것이었다.

그래도 1년 동안 꾸준히 정해진 책을 읽고 와서 매주 토론했다. 이때 읽은 동화책, 청소년 소설, 단편 소설들은 중·고등학교에 올라가서 빛을 발했다. 친구들은 모르는데 나만 홀로 알아본 작가나 작품에 대해 대놓고 아는 척을 할 수 있었기 때문이다. 사실 더 큰 위력은 나중에 발휘됐다. 입시를 앞둔 고교 시절, 앙상한 정신세계와 차가운 성적표의 세상에서도 뜨뜻한 국물처럼 스스로 괜찮다, 괜찮다고 할 수 있었던 힘은 아마도 이때부터 시작되지 않았는지 짐작해본다.

구산중학교에 배정받아 1학년을 맞이하던 해, 학교에는 자유학기제가 도입되어 시험이 없었다. 덕분에 나는 공부 외의 것들에도 자연스럽게 호기심을 뻗칠 수 있었다. 그 무렵 미디어 관련 수업을 맡은 김현주 선생님을 만났다. 전직 구청 홍보팀 출신이라는 소개가 있었지만, 당시의 나는 '지역 미디어 활동가'라는 말이 정확히 무엇을 의미하는지 알지 못했다.

도서관 연계 수업으로 힐링캠프에서 영화를 보고 도서관을 견학하던 날, 스튜디오가 눈에 들어왔다. 방송국에서나 볼 법한 스탠드 마이크와 고급스러워 보이던 녹음 장비들이었다. 그 공간은 단번에 나를 붙잡았다. 김현주 선생님은 청소년 라디오 동아리를 만들 예정이라며 참여할 사람을 물었다. 중학교에 가면 공부에만 집중하겠다고 다짐했던 나는 짧은 고민 끝에 손을 들었다. 60명 중 나 혼자였다.

그렇게 시작된 동아리의 이름은 '마침표'였다. 도서관의 하루에 마침표를 찍는 방송이라는 뜻으로 내가 제안한 이름이었다. 첫 모임에서 나는 중1이었고, 곧 고등학생 형이 입시로 빠지게 되면서 청일점이 되었다. 집에서는 과묵한 장남이었지만 이곳에서는 자연스럽게 막내가 되었다. 당황할 틈도 없이 새로운 세계를 배우느라 바빴고, 누나들의 보호 아래 동아리 활동에 빠져들었다.

우리는 PD, 작가, 엔지니어 역할을 나눠 맡았다. '모든 방송은 약속이다'라는 원칙으로 일요일마다 빠짐없이 모였고, 주말마다 도서관 문 닫기 전 10분 동안 방송이 흘러나왔다. 주민과 상가를 찾아가 인터뷰하고, 책과 영화를 리뷰하고, 주제를 정해 순위를 매기고, 사연을 받아 고민을 나누었다. 아이템은 늘 넘쳐났다.

학생이라는 현실은 무거웠지만, 스튜디오로 향하는 발걸음은 점점 가벼워졌다. 장비를 다루고 프로그램을 익히는 일은 쉽지 않았지만, 밤새 붙들고 있어도 시간이 너무 빨리 흘러 아쉬울 뿐이었다. 주로 엔지니어 역할을 맡았고, 때로는 PD나 MC가 되기도 했다. 어떤 날은 그 모든 역할을 혼자 감당하며 이리 뛰고 저리 뛰었다. 그 과정에서 기술적인 완성도만큼이나 책임감도 함께 자라났다.

마침표가 만들어진 이듬해에는 성인 라디오 동아리 '어울라디오'가 생겼고, 두 팀은 함께 공개방송을 열었다. 보이는 라디오 형태의 방송은 해마다 이어졌고, 그 기록들은 유튜브에 차곡차곡 쌓였다. '구도마'라는 이름으로 남아 있는 영상들은 지금도 그 시간을 증명한다.

고등학생이 된 뒤에는 후배들에게 기술을 전하려 애썼다. 하지만 코로나 시기와 겹치며 동아리는 점점 느슨해졌다. 친밀함이 쌓이기 전에 방송 제작이 먼저 과제가 되었고, 결국 마침표는 수빈이와 나의 입시와 함께 쇠락했다. 지금은 추억 속의 동아리로 남아 있다. 그런데도 분명한 것은 있다. 방송을 만들며 나는 역할을 배웠고, 책임을 익혔으며, 미디어라는 세계 안에서 성장했다. 그 시간은 내 안에 분명한 마침표 하나를 찍어주었다.

본가가 구산동에서 불광동으로 옮겨가고 20대가 되면서 동아리 활동도 종료되어 이제는 도서관 방문 횟수가 적어졌지만, 지난 도서관 8주년 땐 다른 친구와 함께 듀엣으로 기념식 MC를 보기도 했고 도서관의 여러 행사에서 영상이나 사진, 혹은 편집을 부탁받기도 한다. 단지 대학에서 사진을 전공해서만은 아닐 것이다. 도서관의 곳곳을 잘 알고 애정이 묻어나는 시선으로 바라볼 수 있기 때문이 아닐까 추측해본다. 해서 언제 어디서든 당당하게 말할 수 있을 것이다.

"네, 그래요. 저 도서관에서 자랐습니다!"

권용준은 '도서관이 키운 아이' 3~4호쯤 되는 찐 도서관 키즈로, 긴 머리를 휘날리며 미디어인으로 성장 중이다.

구도마,
다음 주 일요일에 또 만나!

박재희

일요일 아침, 우리 가족은 모두 구산동도서관마을에 간다. 도착하면 거의 9시가 다 되어 간다. 도서관 사서 선생님이 나와서 셔터를 올려주신다. 문 앞에서 기다리고 있다가 문이 열리자마자 오픈런하고 3인용 좌석을 잡는다. 일단 1시간 동안 숙제를 하다가 10시에 아빠와 함께 웹툰교실에 간다. '오늘 잘 그릴 수 있을까' 하는 생각에 긴장된다.

나는 웹툰교실을 3년째 다니고 있다. 웹툰작가 소공 선생님의 수업 덕분에 내가 그린 만화가 매년 책으로 나왔다. 첫 번째 책은 〈독서별의 생명체들〉, 두 번째 책은 〈도서관 탐험기〉이다. 올해에는 내 웹툰을 시나리오로 쓰고 영화로도 만들었다. 겨울방학을 활용하여 근처 초등학교 친구, 언니들과 함께 〈보물찾기/도서관 탐험기〉라는 영화를 구산동도서관마을 안에서 만들었다. 도서관 관장님도 출연하시고 5층 관장실에서 촬영도 했다. 영화는 10분 정도로 완성되어 힐링캠프에서 시사회를 했다. 큰 화면에서 내가 찍은 영화를 보니 한 장면 한 장면을 찍은 모든 순간이 기억났다. 언니, 오빠들을 응원하며 찍었던 장면들, 칼퇴하자며 찍은 마지막 장면 등 우리는 뜨거웠다. 한겨울의 추위도 우리 앞에서 녹아내렸다.

웹툰교실이 끝나면 아빠, 엄마와 함께 점심을 먹으러 간다. 푸짐한 점심을 먹고 숙제를 마무리한 다음 로비 게시판으로 간다. 나는 거기에서 많은 정보를 얻는다. 불광천에서 하는 행사, 4층에서 했던 추리 게임 등을 찾았다. 게시판에 프로그램들이 뭐가 있는지 보러 갈 때면 기대가 된다. 마음에 드는 것을 찾으면 나는 바로 신청하거나 그 프로그램을 하는 층으로 뛰어 올라간다.

내가 참여한 프로그램 중 하나는 작가와 만남이다. 만화가 소복이 작가님과 박윤선 작가님을 만났다. 소복이 작가님은 〈그 녀석 걱정〉을 그리셨고, 박윤선 작가님은 〈뿌뿌는 준비됐어〉를 그리셨다. 박윤선 작가님께서 '무언가가 틀려도 계속 이어 나가면 결국에는 모두 다 조화를 이룬다'라고 하셨다. 그것을 통해 나는 실수해도 괜찮다는 것을 배웠다. 거기서 만화를 그렸는데 틀려도 나는 계속 그렸다. 그러니 선생님께서 말씀하신 대로 틀린 부분들이 뭉개지고 가려지며 그림이 자연스럽게 완성되었다. 비록 완벽한 그림은 아니었지만, 내가 열심히 그린 것이니 나에게는 더 소중했다.

게시판에는 퀴즈들도 있는데 퀴즈를 풀면 상품도 있다. 나는 퀴즈를 풀고 간식, 학용품, 쿠폰을 받아서 나온다. 쿠폰 중에는 10배 대출 쿠폰, 1회 대출정지 해제 쿠폰이 있다. 나는 이 10배 대출 쿠폰으로 엄마가 평소에는 빌려주지 않았던 만화를 50권이나 빌려서 즐거운 추석 연휴를 보냈다.

이런 프로그램 정보를 싹쓸이하고 나는 곧장 4층 만화자료실로 간다. 내가 좋아하는 소파에 앉아서 만화들을 보면 심신이 평화로워진다. 그리고 만화자료실에 있는 다양한 프로그램에 참여하기도 하는데, 도서관 10주년 기념 추리 퀴즈도 그것 중 하나이다. 다음에는 3층에서 과학 잡지를 읽는다. 그곳에도 나의 애착 장소가 있다. 그 장소는 구석에 있어 사람들에게 어깨빵을 당할 위험이 전혀 없고, 작아서 아늑한 데다, 뒤로 누워서 책을 읽을 수 있게 뒤쪽이 넓다. 가장 좋은 점은 내가 읽는 과학 잡지가 그 자리 바로 옆에 있다는 것이다. 벽에 기댄 상태로 조용히 책을 읽고 있으면 6시쯤 엄마가 나를 부른다. 우리가 도서관을 나오면 사서 선생님들께서 정리하신다. 도서관의 셔터가 내려간다. 이렇게 도서관에서 보낸 하루가 끝났다. 도서관을 떠나면서 나는 말한다.

"보고 싶을 거야, 구도마. 다음 주에 또 만나자."

박재희는 초등학교 6학년 학생으로. 삼박자웹툰교실에서만 4년째 활동하고 있다. 해마다 그림과 글을 실은 작품집을 내며 또렷한 자기 세계를 가진 작은 작가라 불린다.

사진 제공 _ 황규백 작가

3장
우리는 만나고 자란다

구산동도서관마을은 모두가 함께 참여하며 운영된다. 이용자가 독자가 되고, 프로그램 기획자가 되며 함께 이끌어간다. 참여는 배움으로 이어지고, 그 경험은 다시 새로운 활동과 관계를 만들어낸다. 구산동도서관마을은 완성된 시설이라기보다 함께 쓰고 바꾸며 조금씩 채워지는 공간이다. 그래서 이곳의 하루는 사람들의 참여 속에서 매번 다른 모습으로 쌓여간다.

시니어들의 시(詩) 천국, 동주시카페

동주시카페의 이름은 두 개의 뜻이 있다. 동네 주민이 모여 시를 읽는 '동주-시(詩)-카페', 그리고 윤동주의 '동주'이다. 2018년 구산동건강마을축제에서 인연을 맺고 계속 이어져왔다. 축제와 강좌, 주민들의 제안이 있었고 '시니어가 책을 읽으며 함께할 모임을 만들자'라는 목소리로 오늘의 동아리가 태어났다. 코로나 시절에도 끈을 놓지 않았다. 숲으로 나가 시를 읽으며 오히려 더 가까이 이어졌다.

직접 읽는 '낭송'의 매력

윤동주의 시를 시작으로 한강의 〈괜찮아〉 같은 오늘의 언어까지, 오래된 빛과 새로운 호흡이 함께 무대에 올랐다. 어떤 작품은 눈을 맑게 하고 어떤 작품은 등을 토닥인다. 시는 지금 이 순간 우리를 묶어주는 끈이 되었다.

동주시카페가 사랑받는 이유는 낭송이다. 회원들은 시를 눈으로 읽는 데 그치지 않고 소리 내어 서로의 호흡을 나누며 시의 장면을 떠올리고 시인의 감정을 이입해 읽는다. 누군가는 국수가 먹고 싶다는 시를 읽으며 국수 한 그릇을 떠올리고, 누군가는 시인의 시선을 빌려 자신의 감정을 떠올린다. 같은 시를 두고도 생각이 다르기에 경청이 필요하다는 것을 회원들은 모임을 통해 깨닫는다.

운영 방식에도 작은 지혜가 숨어 있다. 동아리원들은 서로를 '선생님'이라 부르며 존중을 표현하고, 모임은 무리하지 않는 월 1회 정기성으로 이어진다. 방학도 있다. 무엇

Indie Station

보다 갈등이 생겨도 예의와 경청을 잃지 않는 것이 가장 중요한 규칙이다. 덕분에 6년의 세월이 흐르도록 모임은 단단히 이어져오고 있다.

"도서관 옆에 15년을 살았지만, 딸이 손을 잡아끌기 전까진 몰랐습니다. '한번 해보고 싶다'라는 마음 하나로 참여했고 시와 다시 가까워졌습니다. 모임은 내 삶의 여유이자 새로운 일의 계기가 되었습니다."

이현순

"우리 모임은 시를 감상하고 취미를 나누는 자리입니다. 낭송회도 여섯 번이나 열었네요. 늦게나마 시를 가까이하게 되어 참 다행입니다."

임종구(회장)

"시인은 같은 것을 새롭게 보는 사람입니다. 모임을 통해 정신이 젊어지고 감성이 풍부해졌습니다. 한 달에 한 번이 아쉬울 만큼이죠."

양승윤

"시집살이 30년, 책을 멀리했던 끝에 다시 찾은 곳이 도서관이었습니다. 구산동에 5분 거리에 시를 읽는 자리가 생겼다는 건 제게 큰 행운이었습니다."

김행강

"시는 짧지만 강렬합니다. 낭송하면서 어디서 끊고 어떤 감정으로 읽어야 하는지 알게 됐습니다. 자작시로 상도 받았습니다."

박묵순

"장편보다 시가 더 손에 잡힙니다. 시는 짧지만 역동적이에요. 정신의 운동을 시가 대신해주는 순간들이 있습니다."

김승희

독서활동가로 성장한 어른들

여기가 도서관이 된다고요?

양쪽 연립주택이 있는 골목길. 이곳이 도서관으로 바뀐다는 말에 기대감으로 두근거렸다. 2013년 도서관 마을 활동가 양성 과정으로 만난 우리는 도서관을 더 많이 알아보자는 마음으로 '탐구'하고 이웃에게 '알리자'라는 의미의 '탐구아리'라는 모임을 만들었다. 세계 도서관 기행, 유럽 아날로그 책 공간, 지상의 아름다운 도서관 등 만들어질 도서관에 담고 싶은 것을 찾고 주변에 알리기 시작하였다. 도서관마을의 건축이 시작되면서부터는 그림책 공부를 시작했다. '그림책을 소리 내 읽어주면 여러 이야기가 여울진다'는 의미로 '책소리그림여울(이하 책여울)'로 이름을 바꾸고 도서관이 개관하면서 동아리로 성장했다. 우리는 계속해서 공부하고 은평구 아이들을 만나 독서 체험 활동을 진행하는 도서관마을 독서활동가로 자리매김하였다.

도서관마을학교의 부활

도서관은 개관 전부터 주민들의 마음속에서 이미 열리고 있었다. 몇 달에 한 번씩 모여 해외 우수 도서관 사례를 공부하고 우리 동네에 맞는 도서관의 얼굴을 그려보았다. 자유롭게 드나들되 음악과 예술이 숨 쉬는 곳. 아이와 어른이 같은 높이의 의자에 앉아 책을 펼치는 곳. 그렇게 우리는 '주민이 함께 만드는 도서관'이라는 약속을 먼저 세웠다. 약속은 개관 이후에도 이어져 2022년 '도서관마을학교'라는 같은 이름으로 우리를 다시 모았다. 스무 번이 넘는 강좌와 탐방을 거치며 도서관이 무엇을 품을 수 있는지, 우리는 무엇으로 도서관에 이바지할 수 있는지를 함께 배웠다. 일곱 달 동안 스물세 번의 강연과 두 번의 탐방이 이어졌고, 수료식 날에는 서른한 명의 주민이 각자의 이름으로 증서를 받아 들었다. 연인원 1,028명. 숫자는 종종 마음의 온도를 다 담아내지 못하지만, 그 무게만은 분명했다. 강의의 주제도 우리의 생활과 닮았다. 세상을 읽는 법, 세대를 건너 책을 건네는 법, 마을 속에서 책으로 만나고 흩어지는 법. 그 시간 이후 도서관에서는 그림책 공부 모임인 '공감'과 '물꼬' 동아리가 만들어지기도 했다.

드디어 현장으로!

2024년 주민참여예산사업으로 진행한 '책으로 통하는 은평'은 2013년 도서관마을학교에서 배출한 책여울 독서활동가들과 2022년에 도서관마을학교를 수료한 도서관 독서활동가들이 마을학교를 통해 받은 배움을 현장에서 펼친 해였다. 이론-후속-실습으로 이어지는 일정을 소박하지만 진지하게 밟아나갔다. 퍼실리테이션과 독서토론, 기획안 작성 같은 기본기를 다지고 유아·초등을 위한 프로그램을 직접 설계했다. 환경과 미술을 읽기의 언어로 연결하는 시도도 해보았다. 가장 떨렸던 건 실습이었다. 어린이자료실과 인근 기관에서 아동 대상 프로그램을 직접 운영하는 날, 다 함께 강사 명찰을 달았다. 그 명찰이 우리가 누구인지 새로 알려주는 것만 같았다. 강좌의 마지막에 27명이 수료증을 받았다. 증서보다 더 오래 남는 것은 서로에게서 배운 방법과 태도, 그리고 프로그램이 끝난 뒤에 찾아온 아이들의 웃음이었다.

책여울이라는 시간

돌아보면 책여울 독서활동가들은 한 권의 책처럼 장을 넘겨왔다. 첫 장은 도서관의 얼굴을 함께 상상하던 장이었다. 다음 장은 '읽는 사람'에서 '읽게 하는 사람'으로 옮겨가던 장. 그다음 장에서는 마을학교가 다시 살아나 새로운 독서활동가를 길러냈고, 또 다음 장에서는 작은 모임들이 가지를 치며 서로의 물길이 되었다. 지금은 우리 중 많은

이들이 지역과 도서관 곳곳에서 아이들을 만나고 있다. 책과 사람을 잇는 일은 언제나 느리고 작지만 그래서 더 오래 간다.

책여울의 시간은 언제나 '함께'의 현재형으로 쓰였다. 우리는 매달 한 번씩 모여 그림책을 읽고 누군가의 수업에서 얻은 깨달음과 작은 시행착오를 나눴다. 어떤 날은 꽃이 활짝 핀 표지의 책을 골라 봄을 이야기했고, 어떤 날은 종이를 접고 자르고 색을 칠하며 온기를 나눴다. 도서관에서 행사가 있을 때 함께했다. 단순한 진행을 넘어 도서관의 문턱을 낮추는 일이었다. 쭈뼛쭈뼛 다가오는 사람들에게 "어서 오세요", "괜찮아요, 천천히 둘러보세요."라는 말이 자연스럽게 나왔다.

오래 함께할 수 있었던 이유

우리가 오래 함께할 수 있었던 까닭을 물으면 우리는 몇 가지 장면을 떠올린다. 먼저 우리가 서로를 '선생님'이라고 불렀다는 것. 친목의 호칭 대신 배움의 호칭을 쓰자 서로에게 기대하는 태도가 달라졌다. 말 한마디에도 예의를 담게 되었고 서로의 장점을 먼저 떠올리게 되었다. 또 하나는 적절한 거리다. 한 달에 한 번, 생활이 허락하는 한도에서 정기적으로 만나되 방학에는 쉬었다. 무리하지 않으니 오래 갈 수 있었다. 무엇보다도 우리는 '그림책'이라는 공통의 공부 위에 서 있었다. 작가별·나라별로 책을 골라 읽고 활동을 구상하고 학교나 기관에서 실제 수업으로 연결해보았다. 즐거운 동아리와 현실의 수업 사이에서 때때로 의견이 어긋나기도 했지만, 서로의 다른 방법을 인정하며 조율하는 감각을 천천히 배웠다. 공공의 선을 먼저 생각하고 넘지 말아야 할 선을 지키는 일, 그게 우리를 여기까지 데려온 비밀이었다.

예산과 인력이 부족해 엄두를 못 냈던 프로그램들을 활동가들과 함께라서 기획하고 해낼 수 있었다는 사서 선생님들의 말이 마음에 남는다. 도서관은 사실 책만으로 완성되지 않는다. 누군가의 손길과 걸음이 겹치면서 비로소 도서관이 된다. 그 겹침 속에서 우리는 종종 위로받았다. 비슷한 나이의 아이를 키우는 동네 엄마로 만났다가 서로에게 먼저 겪은 시간을 조언으로 건네는 선배가 되기도 했다. 모임이 힐링이 되는 까닭은 같은 책을 읽어서가 아니라 같은 방향을 보고 있기 때문인지도 모른다.

다음 세대에게 남기고 싶은 이야기

이제 우리는 기록을 남길 시간을 생각한다. 여울은 흘러가지만 물길은 남는다. 우리가 읽고 나눈 책들의 목록, 작은 프로그램의 설계도, 현장에서 배운 시행착오의 메모들, 그리고 도서관에서 맞은 사계절의 표정들. 그것을 모아 다음 사람에게 건네주고 싶다. 우리도 누군가의 기록 덕분에 여기까지 왔으니까.

도서관은 크지 않다. 하지만 곳곳에 앉을 자리가 있고 햇빛이 오래 머무는 창이 있다. 아이들은 그 창가에서 책을 펼치고 어른들은 그 옆자리에서 읽는 법을 다시 배운다. 책여울은 그 사이를 흐르는 물길이었다. 어른이 된다는 건 더 이상 배우지 않는다는 뜻이 아니라 배움의 이유가 달라진다는 뜻임을 우리는 안다. 우리는 오늘도 여울 가로 간다. 한 권의 책과 나누고 싶은 이야기를 담고 마음속으로 조용히 다짐한다. 여기서부터 또 한 장, 우리가 기록할 차례다.

"작가별, 나라별 그림책을 가지고 활동했고, 또 학교와 연계해 그림책으로 수업할 기회를 얻게 되면서 지금 우리가 다 그림책활동가로 살 수 있다고 생각해요."

양선영

"그림책이라고 해서 유치원생이나 초등 저학년만 읽는 게 아니라, 0세부터 어르신까지도 읽는 책이라는 걸 배웠어요."

서희경

"우리 도서관은 초창기부터 우리가 함께 참여해서 같이 만들어간 곳이에요. 그 점에서 오는 행복감이 너무 커요."

허희정

"우리가 서로를 선생님이라고 부르면서, 여기가 배움터라는 의식이 더 강해졌어요."

김현진

"책여울, 우리의 기록을 남길 수 있는 그런 하나의 무언가가 이젠 좀 필요하지 않을까 싶어요."

이주영

마을독서활동가가 된다는 것

허희정

저는 그저 도서관을 좋아하는 주민이었습니다. 도서관은 제게 일상의 작은 쉼터이자 아이들을 키우는 마음의 거점이 되어줬죠. 어느 날, '도서관 마을활동가 양성과정'이라는 포스터를 보았습니다. 처음엔 단순히 책꽂이 봉사를 하겠다는 마음으로 신청했지만 10개월의 과정은 제 삶을 완전히 바꾸어놓았습니다. 도서관과 독서교육, 마을과 시민에 관한 강의를 들으며 '책을 매개로 사람을 잇는 일'의 의미를 깨닫게 되었기 때문입니다. 그렇게 도서관을 배우며 만난 이들과 '책여울'이라는 그림책 동아리를 만들었습니다. 처음엔 자녀들의 독서교육에서 시작된 모임이었지만 점차 지역의 아이들과 청소년으로 관심이 확장되었습니다. 도서관이 생기기 전부터 함께 꿈꾸었던 우리는 그렇게 '마을독서활동가'로 성장했습니다.

동아리 활동을 이어가던 중, 청소년자료실의 사서 선생님이 제안을 하나 해주셨어요.

"특수학교 학생들에게 책을 읽어주는 프로그램을 같이 해보실래요?"

그때까지만 해도 책 읽기는 제게 익숙한 일이었지만 '누군가를 위해 읽는 일'은 전혀 다른 차원이었습니다. 프로그램을 준비하면서 교사자격증을 가진 회원들과 함께 교재를 고르고 아이들의 눈높이에 맞춰 그림책을 다시 읽었습니다. 우리 안의 배움이 점점 '함께 성장하는 일'로 바뀌는 순간이었습니다.

대영학교와의 인연은 어느덧 10년이 되었습니다. 대영학교는 발달 장애가 있는 학생들이 다니는 학교입니다. 지적장애, 자폐, 다운증후군의 장애들이 보통 있습니다. 한

반에 7명 안팎의 학생들이 있고 담임교사와 보조교사가 있습니다. 저희는 국어 시간에 책과 관련한 동화구연 수업으로 시작했죠. 그림책을 읽어주고, 책과 연관된 간단한 활동을 진행했습니다.

처음엔 아이들이 책을 거부했습니다. 고개를 돌리고 자리를 벗어나곤 했지요. 하지만 시간이 지나면서 놀라운 변화가 찾아왔습니다. 어느 날 〈행복한 허수아비〉를 읽은 뒤, 함께 허수아비를 만드는 활동을 했습니다. 아이들이 웃으며 허수아비의 모자를 씌워주던 그 순간, 책 속 이야기가 현실로 걸어 나온 듯했습니다. 그때 알았습니다. 책이 아이들의 언어가 되고 마음이 된다는 것을. 그 아이들이 초등학생에서 중학생, 고등학생으로 자라며 우리는 서로의 시간을 책으로 이어가고 있음을 느꼈답니다.

은평도서관마을사회적협동조합이 운영하는 구산동도서관마을은 그 자체로 특별합니다. 사람의 가치를 우선하고 지역의 공공성을 실천하는 이 도서관은 학교와 사회의 틈을 메우는 다리 역할을 하고 있습니다. 경쟁과 평가가 중심이 된 학교와 달리 도서관은 사람을 기다려주는 공간입니다. 저희가 아이들에게 전하고 싶은 메시지는 언제나 같습니다. '너희는 빛나는 존재야. 우리는 너희를 응원해.' 책으로 만나면 이 말이 자연스럽게 전해집니다.

도서관은 지식을 가르치는 곳이 아니라 마음을 지지해주는 곳입니다. 책을 통해 나와 이웃이 함께 성장하고, 지역의 결핍을 조금씩 채워가는 일. 그것이 도서관이 지역사회와 손을 맞잡는 가장 인간적인 방식입니다. 10년의 세월 동안 도서관은 자랐고 저 역시 함께 성장했습니다. 책을 읽는 일은 언제나 마음을 잇는 일입니다. 그리고 그 마음이 모여 하나의 마을을 이루고 있습니다.

허희정은 2013년 '도서관 마을학교'에 참여했던 열정을 발판 삼아 다양한 강연을 진행하며 은평구 마을독서활동가로 활동하고 있다.

만화로 하나 되는 청소년 자치동갑

청소년 만화 동아리 '자치동갑'은 이름이 독특하다. '나이가 달라도 친구처럼 어울리자'라는 뜻이 담겨 있다. 중학생부터 고등학생, 때로는 대학생이 된 선배들까지 만화를 좋아하는 청소년이라면 누구나 이곳에서 친구가 된다.

자치동갑의 시작은 2017년으로 거슬러 올라간다. 도서관은 만화가 이현세와 함께하는 청소년 창작 프로그램 '이현세의 만화버스'를 열었다. 그곳에서 만난 고등학생들이 이 즐거움을 계속 이어가자고 마음을 모아 '마사카(馬巳CARtoon)'라는 이름의 자원봉사 동아리를 만들었다. '말띠와 뱀띠의 Cartoon 모임'이라는 유쾌한 이름답게 만화를 매개로 도서관 이용자들에게 웃음을 전하고 행사 포스터나 홍보물을 함께 제작하며 활발히 활동했다.

창작과 토론, 서로 성장하는 자치동갑

2020년, 이들은 새로운 이름 '자치동갑'으로 다시 태어났다. 이름을 바꾸면서 활동의 방향도 달라졌다. 봉사 중심이던 활동에서 벗어나 이젠 만화를 '읽고, 그리고, 함께 이야기하는 모임'이 되었다. 자치동갑은 만화를 좋아하는 마음으로 끈끈하게 연결되어 있다. 좋아하는 캐릭터의 팬아트를 그려 서로에게 선물하고 칭찬과 격려를 받는다. 그렇게 오가는 친구들의 조언과 웃음은 새 작품을 만드는 원동력이 된다. 내성적이던 아이들도 그림을 자랑할 때만큼은 자신감과 활기가 넘친다. 자치동갑의 활동은 단순히 그림을 그리는 데 그치지 않는다. 읽은 만화에 대해 서로 느낀 점을 이야기하고, 자연스럽게 궁금한 부분을 묻고 답하며 생각의 폭을 넓혀간다. 가끔은 지나치게 진지해지거나 생각 차이로 목소리가 높아질 때도 있지만, 그런 순간들 덕분에 서로를 더 잘 알게 되어 자치동갑의 우정은 한층 단단해졌다.

우리의 이야기는 아직도 진행 중!

매달 만화자료실 입구 게시판에는 자치동갑 회원들의 신작이 전시된다. 코믹한 4컷 만화부터 감정이 섬세하게 표현된 일러스트, 직접 성격과 외모를 만들어낸 캐릭터부터, 좋아하는 만화의 팬아트까지 다양하다. 게시판 앞에 멈춰 서서 자신이 만든 작품을 바라보는 사람들의 얼굴을 볼 때면 뿌듯함과 자신감을 얻게 된다.

결국, 도서관은 이들의 아지트이자 작업실이자 전시장이 된 셈이다. 책장 사이를 오가며 아이디어를 찾고 스케치북을 펴고 웃음소리를 나누는 풍경은 구산동도서관마을의 또 다른 풍경이 되었다. "우리의 이야기는 아직 미완성이에요." 자치동갑 친구들은 그렇게 말한다. 그림이 완성되는 순간보다 함께 그리고 웃는 시간이 더 소중하다는 걸 이들은 이미 알고 있기 때문이다.

푸른 이름, 청화에서 청문회로

책장을 넘기듯 친구를 만났다. 봉사 시간이 필요해서 우연히 본 포스터가 기억에 남아서 혹은 그저 책을 좋아해서 발걸음을 옮겼던 구산동도서관마을. 그렇게 시작된 만남은 단순한 동아리 활동을 넘어 청소년기와 성인기를 이어주는 삶의 한 장면이 되었다.

청소년동아리 '청화'는 개관 전부터 활동하던 청소년운영위원회의 이름이다. 한자로 푸를 청, 꽃 화자를 썼다. 청소년의 푸르름을 담은 동시에 청소년운영위원회가 청소년의 꽃을 나타낸다는 의미를 담았다. 이들은 도서관을 중심으로 책을 읽고 토론하고, 지역 청소년들의 의견을 모아 도서관 운영이나 프로그램 기획에도 직접 참여하는 활동을 한다. 청소년기에 청화 활동을 하던 이들은 성인이 되면 자연스럽게 '청문회'라는 청년 동아리로 넘어간다. 청문회는 단순한 독서 모임이 아니라 서로의 삶과 고민을 나누는 성장형 청년 커뮤니티에 가깝다. 매달 한 권의 책을 읽고 도서관에서 만나 토론하거나 영화와 전시 등 문화활동으로 확장하기도 한다.

시작의 순간들, 우리는 왜 모였을까?

다영 : 나부터 얘기해 볼까? 난 코로나 시절에 진짜 사람 만나는 게 너무 그리웠거든. 그때 청소년실 앞에 '모집합니다' 포스터가 딱 붙어 있었어. 그냥 그거 보고 들어왔지. 뭔가 새로운 사람 만나고 싶어서.

서희 : 아, 그때 포스터 기억난다! 나는 원래 다른 데서 활동하다가 고등학교 올라오면서 여기로 옮겼어. 처음엔 그냥 책 모임인 줄 알았는데, 분위기가 너무 좋아서 계속 남게 됐지. 그리고 성인 되고 나서도 우리 계속 만나자고 해서 청문회 만들자고 제안했던 사람, 바로 나야, 나. (웃음)

채원 : 맞다! 서희 덕분에 청문회 생겼잖아. 나는 어릴 때부터 도서관 진짜 자주 왔어. 세상 모든 책을 다 읽겠다고 다짐하던 꼬맹이였지. 이런 얘길 했더니 사서 선생님이 "동아리 해볼래?" 하셔서 시작했어.

연수 : 나는 완전 초창기 멤버야. 그런데 중간에 이사 가서 한동안 못 왔거든. 그래도 계속 그리웠어. 도서관도, 여기 친구들도. 다시 은평으로 돌아왔을 때 제일 먼저 온 곳이 도서관이었지.

민재 : 솔직히 말하면 난 처음엔 봉사 시간 채우려고 왔어. (웃음) 생기부에 쓸 수 있을까 싶었는데, 하다 보니까 진짜 재밌더라. 같이 프로그램 기획하고 아이디어 내고 이런 게 너무 잘 맞았어. 그래서 결국 청문회까지 같이 만들었지.

지민 : 나는 새로운 사람들 만나고 싶었어. 학교 친구들 말고 책 얘기 편하게 나눌 수 있는 곳을 찾고 있었거든. 그래서 도서관 문을 그냥 '똑똑' 두드렸지. 근데 이렇게 좋은 친구들을 만나게 될 줄은 몰랐어.

다영 : 결국 다 이유는 달랐는데 지금은 다 같은 자리에서 이야기하고 있네.

채원 : 이 도서관이 그런 힘이 있는 것 같아.

연수 : 맞아. 우리가 왜 모였는지 물으면… 그냥, 여기니까.

방향과 속도는 다르지만 우리 모두가 자랐다

연수 : 우리 처음 만났을 때보다 다들 진짜 많이 변하지 않았어?

서희 : 나 정말 조용했는데 회장 맡고 발표하면서 말하는 게 조금씩 자연스러워졌어.

민재 : 그건 인정. 서희 지금 완전 진행 잘하잖아.

다영 : 나는 이상하게 도서관에서 읽었던 책이 정말 기억에 남아. 대학원 다니면서 책이 점점 무거워지고 공부하며 읽어야 해서 부담스러워지더라. 여기에서 함께 책을 읽을 때는 정말 좋았어. 이곳에서 책을 재미있게 읽는 법을 배운 느낌이야. 물론 책 읽고 그냥 수다 떨듯이 이야기하는 그 시간이 좋기도 했지.

채원 : 맞아. 나는 책을 여러 번 읽는 버릇이 생겼어. 나도 원래 한 번 본 책은 다시 안 봤는데 모임에서 얘기하려고 다시 읽으면 새롭게 보여. '되돌아보기'가 습관이 된 거지.

민재 : 난 완전 고집불통이었어. (웃음) 근데 여기선 같은 책도 다르게 읽잖아. '저 사람은 왜 그렇게 봤을까?' 하다 보면 생각이 넓어져. 지금은 다른 의견이 나올수록 재밌어.

지민 : 그래서 그런가, 우리 모임 분위기가 되게 따뜻해. 내가 무슨 말을 해도 너희들이 다 들어주고 나도 다른 사람 말이 진짜 궁금해져.

연수 : 맞아. 우리 모임은 책보다 사람을 읽는 시간이야.

우리가 함께 만들어낸 특별한 장면들

채원 : 작년에 국제도서전 갔을 때 기억나? 출판사 부스 구경하고 작가 사인회 줄 서고. 그때 산 책, 우리 같이 읽었잖아.

다영 : 그날 너무 재밌었어. 도서관 밖에서 보니까 다들 더 예쁘더라.

민재 : 나 그때 핫초코 만들던 축제 생각난다. 솜사탕 기계 돌리다가 설탕 폭발해서 난리 났었잖아. (웃음) (설명 : 2017년 '청소년이여 포기하지 말고 도전하라(청포도 축제)'에 참여. 청소년들이 직접 기획하고 부스를 운영하며 핫초코와 솜사탕을 만들어 판매)

서희 : 그런 게 다 추억이지. 개관 8주년 행사 때 동아리 연합 진행 맡았을 땐 나 진짜 떨렸거든. 근데 하고 나니까 뿌듯했어.

연수 : 나는 청운위 때 도서관 바꾼 경험이 제일 많이 기억나. 우리가 낸 의견이 진짜 반영됐을 때 '아, 우리가 할 수 있구나' 싶었어.

지민 : 그거 진짜 멋있다.

채원 : 그래. 너희들 얘기 들으니 다 생각나네. 김유정 문학관 갔던 거랑 월드컵공원 백일장이랑 뮤지컬 관람까지, 우리 진짜 뭔가 함께 많이 했네.

민재 : 다음엔 옥상에서 돗자리 깔고 모이자. 책 읽고 햇살 아래서 간식 먹고.

서희 : 찬성! 여름 한정 옥상 모임, 이름도 귀엽다. (웃음)

졸업 후에도 청문회로 남을 수 있었던 이유

#억지로가아니라자연스럽게 #그래서오래간다

다영 : 근데 우리 진짜 오래되지 않았어? 보통 동아리는 금방 흐지부지되잖아.

민재 : 우린 강제성이 없어서 그런 것 같아. 벌칙도 없고 회비도 없고 그냥 자유로워서 더 꾸준한 거지.

연수 : 맞아. 대신 서로의 마음이 있잖아. '이번 달엔 뭐 읽을까?' 그 한 문장이 또 우리를 불러오잖아.

서희 : 그리고 '경청'. 누가 말해도 진짜 잘 들어줘. 그게 우리 힘이야.

채원 : 못 읽었어도 와서 '나 이번엔 못 읽었는데…' 하면서도 얘기할 수 있잖아. 그런 분위기라 계속 오게 돼.

지민 : 처음 온 사람도 금방 녹아들고. 나도 처음엔 낯설었는데 금세 '우리'가 됐거든.

다영 : 맞아. 억지로 붙잡은 게 아니라 그냥 자연스럽게 연결돼서 지금까지 온 거야.

우리 오래오래 보자!

다영 : 앞으로 다른 동아리랑 교류회 자주 했으면 좋겠어. 각자 대표가 돌아가면서 뭐 했는지 나누는 자리도 재미있을 것 같고.

서희 : 그치. 도서관 이름이 '마을'이잖아. 우리가 자주 와야 마을이 살아. 이번 목표는 '참여율 높이기!' (웃음)

채원 : 나의 목표는 완독률 올리기. 출퇴근 읽기는 한계가 있어서 요즘은 집에서 독서 시간 따로 만들어보려고해.

연수 : 난 영화를 같이 보고 싶어. 도서관 힐링캠프에서 문화의 날 맞춰서 한 편 보는 거 어때? 간식비도 지원받고. (웃음)

민재 : 좋다! 옥상 피크닉 모임도 하자. 햇살 좋을 때 돗자리 펴고 책 읽기.

지민 : 상상만 해도 좋다. 여긴 진짜 마을 같아. 포근해서 계속 오고 싶어.

서희 : 그러니까 우리 오래 보자.

나만의 속도를 받아들이는 용기

권민재

사서 선생님, 안녕하세요.

회사 다니면서 하루가 어떻게 흘러가는지도 모를 만큼 바쁘게 지내다 보니 도서관에 자주 못 가 뵌 게 늘 마음에 걸립니다. 그래도 제 마음속에는 여전히 도서관과 선생님이 함께 자리하고 있기에 이렇게 편지를 씁니다.

제가 도서관과 처음 인연을 맺은 건 청소년운영위원회 '청화'였지요. 사실 시작은 단순했습니다. 봉사활동 시간이 필요했는데 도서관에서 봉사활동을 하면 책을 많이 읽을 수 있을 것 같았으니까요. 하지만 그 선택은 제 인생의 방향을 크게 바꾸었습니다. 3년 동안 청화에서 활동한 시간은 제 사춘기를 단단히 붙잡아주었고, 지금의 저를 지탱해주는 힘이 되었습니다.

기억하시죠? 시험 기간이면 도서관이 공부하는 친구들로 가득했는데, 다 같이 힘내자며 제가 작은 간식 꾸러미를 준비해 나누어주던 날이요. 초콜릿을 건네며 친구들의 얼굴을 바라보던 순간 느꼈던 뿌듯함은 아직도 잊히지 않습니다. 그날 이후로 도서관은 저에게 단순히 책 읽는 공간이 아니라 서로를 응원하는 자리로 바뀌어 버렸어요.

돌아보면 청화는 제 사춘기 그 자체였습니다. 걱정이 많고 한 가지에 몰두하면 쉽게 매몰되던 제가 도서관에 가면 이상하게도 마음이 편해졌습니다. 늘 청소년의 눈높이에서 함께 고민해주시고 응원해주신 선생님 덕분에 저는 '할 수 있다'라는 자신감을 얻을 수 있었습니다.

그 시절 친구들은 대부분 일반고에 진학해 입시 준비를 했지만, 저는 공업고를 선택해 바로 사회로 나아갔습니다. 사실 흔들릴 때가 많았습니다. '내가 잘 가고 있는 걸까?' 하고 수없이 자문했지요. 하지만 도서관에서의 경험은 제 선택을 믿을 수 있는 용기를 주었습니다. 그것은 남들과 비교하지 않고 제 속도를 받아들이는 용기, 제가 행복할 수 있는 길을 고르는 용기였습니다. 그 용기는 지금도 저를 지탱하며 사회에서 매 순간 어깨를 펴게 합니다.

이제 저는 스물여섯 청년으로 반도체 배관 설계 일을 하고 있습니다. 발주처와 협의하며 도면의 세부 사항을 해결하는 일이 쉽지만은 않지만, 청화에서 배운 끈기와 자신감 덕분에 당당히 제 자리를 지키고 있습니다. 불안과 걱정이 많았던 청소년 시절의 민재가 책임을 맡고 끝까지 해내는 청년으로 성장할 수 있었던 건 바로 구산동도서관마을 덕분입니다.

청화 시절 함께했던 친구들과는 성인이 된 지금도 '청문회(청년문화회)'라는 이름으로 모입니다. 책을 읽고, 이야기를 나누고, 전시나 공연을 함께 보러 가기도 합니다. 사실 책 이야기보다 서로의 안부를 묻는 시간이 더 길지만, 도서관에서 맺은 인연이 지금까지 이어진다는 것 자체가 제겐 무엇보다도 소중합니다.

선생님, 저에게 구산동도서관마을은 단순한 도서관이 아니었습니다. 제 사춘기를 지켜준 따뜻한 품이었고, 사회로 나아가도록 이끌어준 학교였으며, 좋은 사람들을 만나게 해준 마을이었습니다. 앞으로도 이곳이 저처럼 누군가의 사춘기를 지켜주고 또 다른 청년을 단단하게 세워주는 공간으로 남기를 바랍니다. 곧 꼭 시간을 내어 찾아뵙겠습니다. 그때는 예전처럼 선생님과 마주 앉아 간식을 나누며 도란도란 이야기 나누고 싶습니다. 늘 고맙고 사랑합니다.

권민재는 고등학생 때 도서관에 나타나 다양한 활동을 직접 기획하고 진행한 화려한 이력의 소유자로 이제는 사회의 훌륭한 일원이 된 청년이다.

주민들의 축제, 동아리 한마당

도서관에는 15개의 동아리가 활동 중이다. 놀랍게도 도서관이 개관하기 전부터 활동하는 동아리가 여럿 있었다. 이미 마을 동아리로 자리 잡은 동아리도 있었고, 도서관을 기다리며 생겨난 새로운 동아리도 있었다. 그들은 모두 한마음으로 도서관이 만들어지기를 기다렸고, 도서관이 개관하자 새로운 동아리가 더 만들어졌다. 때로는 이용자들이 요구해서 때로는 프로그램 후속 모임으로 자연스럽게 구성되었다.

2018년부터는 동아리원들의 활동을 모아 매년 '동아리 한마당'이라는 축제를 연다. 이 축제는 단순한 행사 이상으로 도서관과 도서관 동아리들이 함께 만드는 마을 축제이다. 여기에는 독서 동아리뿐만 아니라 노래 동아리, 공예 동아리, 사진과 글을 기록하는 동아리까지 다양한 관심사가 모여 있었다. 세대를 초월해 서로의 부스를 방문하고 체험하며 같은 공간에서 웃고 배우고 기억을 쌓아갔다. 그 과정에서 도서관은 단순한 이용 공간이 아니라 마을 사람과 이야기가 흐르는 문화의 장이 되었다.

2018년 첫 시작의 설렘과 열기

2018년, 개관 3주년을 맞아 '동아리 한마당'이 첫발을 내디뎠다. 당시 20여 개 동아리가 모여 도서관 안팎에서 부스와 전시를 열었고, 주차장의 청소년 동아리들 부스가 지나가는 사람들의 발걸음을 멈추게 했다. 실내에서는 글쓰기, 그림 그리기, 만들기 체험이 이어졌고 마을마당에서는 도서관 합창단의 합창이 대미를 장식했다. 8월부터 준비에 나선 기획단과 대표자 회의는 매달 열렸는데 평가회에는 20명이 넘는 회원이 모여 도서관에 대한 책임감과 소속감을 다시금 느낀 시간이라고 평가했다.

"도서관이 이렇게 활기차게 변할 줄 몰랐어요. 오늘은 진짜 마을 잔치 같아요." (주민)

2019년 한 단계 성장한 한마당

첫 회의 성공을 발판으로 2019년 제2회 동아리 한마당은 준비 과정부터 달랐다. 참여 동아리 수가 늘었고 부스 기획도 더 정교해졌다. 1층 마을마당에선 동아리 소개 패널과 작품을 전시했고 주차장에서는 동아리별 체험 부스가 설치되었다. 행사가 끝난 후 힐링캠프에서는 감동적인 장면이 펼쳐지기도 했는데, 도서관에서 활동 중인 모든 동아리가 한자리에 모여 다른 누구도 아닌 동아리가 주인공으로 도서관의 생일 축하를 진행한 것이다. 동아리 행사 참여자들은 자유로이 좌석에 앉아 동아리를 멋들어지게 소개하고 퀴즈를 풀고 도서관 생일떡을 나눠 먹었다. 참여했던 모두가 이 도서관의 동아리 일원이라는 것이 가슴 벅차게 뿌듯했던 네 번째 생일잔치였다.

"작년엔 구경만 했는데, 올해는 저도 부스를 운영해 보니 준비하는 재미가 더 크네요." (동아리원)

2020~2022년 멈춤과 변화

코로나로 도서관 문이 닫히고 대면 모임이 불가능해졌다. 동아리 한마당도 잠시 멈췄지만, 일부 동아리들은 온라인 화상회의로 만남을 이어갔다. 소규모 제작물 공유, 사진 전시 등의 시도로 연결을 유지했다. 비록 축제는 열리지 않았지만, 서로의 안부를 묻고 응원하는 마음이 이어진 시기였다.

2023년 이어진 만남

몇 년의 공백 끝에 2023년 가을 동아리 한마당이 돌아왔다. 개관 기념 슬로건 '만남이

계속되는 우리, 도서관, 마을' 아래 9개의 동아리와 지역 기관인 선정국제관광고 도서부가 함께했다. 도서관 실내 공간을 활용해 참여자들이 도서관 곳곳을 알 수 있도록 체험 부스를 기획해 찾는 재미를 더했다. 페이스 페인팅, 과자 집 만들기, 작품 전시 등 다양한 체험 부스를 운영하며 참여자들을 위한 소정의 기념품도 준비했다.

이 해에는 처음으로 '스탬프 투어'를 도입했다. 도서관 동아리 부스 중 네 곳 이상 참여하면 스탬프를 찍어주고 완주한 사람에게는 기념품을 증정하는 방식이었다. 덕분에 참여자들은 한두 개 부스에만 머물지 않고 다양한 체험에 적극적으로 나섰고 부스 간의 활발한 교류가 이루어졌다. 캘리그래피 체험, 그림책 북아트, 마을 자료 전시 등도 함께 진행되어 도서관 구석구석이 활기로 가득 찼다.

"사람들과 다시 웃으며 만난 것만으로도 충분히 행복했죠." (동아리원)

2024년 함께 만드는 책 축제

2024년 11월 16일, 개관 9주년을 맞아 열린 동아리 한마당은 '함께 만드는 도서관 축제'라는 이름에 걸맞게 도서관 동아리와 주민이 기획부터 함께한 행사였다. 체험 부스, 전시, 포토존, 스탬프 투어 등 다채로운 프로그램이 도서관 곳곳을 활기로 채웠다.

'그림책 퀴즈 풀고 달력 만들기', '꽃 책갈피 제작', '캐릭터 핀 배지 만들기', '청소년 운영위원회와 함께하는 백일장' 등 남녀노소 누구나 즐길 수 있는 체험이 준비됐다. 스탬프 투어는 여전히 인기가 많았다. 참여자들은 모든 부스를 완주하며 '도서관에서 이렇게 재미있는 체험을 할 줄 몰랐다'라고 말했다. 포토존은 지역 청소년들과 함께 제작한 도서관 벽화를 배경으로 마련되었다. 벽화는 9주년을 기념하는 상징물로 주민들이 추억을 남기는 인기 장소가 됐다.

총 8개의 동아리가 부스를 운영하며 각자의 활동을 소개했고, 700여 명의 주민이 참여하며 도서관과 지역이 함께 만들어가는 축제의 가치를 다시금 확인했다.

2025년, 10주년을 함께한 동아리 한마당

2025년 11월 29일, 구산동도서관마을 개관 10주년을 맞아 열린 동아리 한마당은 그 어느 해보다 큰 규모와 활기로 펼쳐졌다. 행사의 가장 큰 특징은 동아리원뿐 아니라 어린이회와 청소년운영위원회가 함께 참여해 축제 운영을 도왔다는 점이었다. 학생들은 각 부스에 배치되어 체험 안내와 동선 관리, 참여자 응대 등을 맡으며, 도서관과 동아리가 만들어온 축제 문화 속으로 자연스럽게 스며들었다. 세대가 함께 만드는 행사라는 도서관의 정체성을 더욱 선명하게 보여주었다.

도서관 전 공간에서 운영된 프로그램도 매우 다양했다. 무드 등 만들기, 자개 책갈피 만들기, 캐리커처 등 10여 개의 체험 부스와 스탬프 투어가 마련되었고, 추운 날씨에도 불구하고 1,000명 가까운 주민이 도서관을 찾았다. 참여자들은 부스를 이동하며 다양한 체험을 즐기고 완주 도장을 찍었다.

그중에서도 자치동갑 동아리의 캐리커처 부스는 단연 최고의 인기를 끌었다. 동아리원들은 몇 달 전부터 서로의 얼굴을 그려보며 꾸준히 연습했고, 그 과정에서 갈고닦은 실력이 행사 당일 빛을 발했다. 부스 앞에는 긴 줄이 이어졌고, 캐리커처를 받은 주민들은 정말 닮았다며 환한 표정을 지었다. 이 장면은 10주년 기념행사 속 가장 즐겁고도 따뜻한 순간 가운데 하나로 기록되었다.

한편, 올해 행사를 통해 도서관과 동아리들은 개선할 점도 발견했다. 만들기 중심의 체험이 많다 보니 성인 참여자가 즐길 수 있는 프로그램이 상대적으로 적었다는 의견이 있었고, 다음 행사에서는 세대별·관심사별 균형 있는 구성이 필요하다는 공감이 모였다. 또 올해는 각 동아리 담당 사서를 통한 개별 소통이 중심이었는데, 서로의 준비 상황을 충분히 공유하지 못해 동아리 대표자와 사서가 함께하는 사전 회의의 필요성을 느꼈다.

비록 작은 아쉬움이 있었지만, 2025년 동아리 한마당은 도서관의 10주년을 함께 축하한 특별한 시간이었다. 주민·동아리·사서가 한자리에 모여 만든 이 축제는 지난 10년의 세월을 마을과 함께 쌓아온 도서관의 정체성을 보여주는 장면이었고, 다음 10년을 향해 나아갈 새로운 출발점이 되었다.

책 이야기가 끊이지 않는 교실을 꿈꾸며

구산동도서관마을의 주변에는 10여 개의 학교가 있다. 그래서 학교가 끝나는 3시 혹은 4시부터 교복 입은 아이들이 삼삼오오 모여 도서관으로 들어온다. 알고 지내던 사서와 반갑게 인사를 나누고 최근에 읽은 책 내용을 이야기하며 후기를 들려준다. 또는 친구들과 시험 대비를 위한 공부를 하기도 한다.

아이들이 도서관에 자주 방문할 수 있는 계기가 있었을까? 이는 학교 수업 시간에 도서관과 연계한 활동이 풍성했기 때문일 것이다. 도서관에 방문하며 이용 교육을 듣고 다양한 독서프로그램을 통해 이곳이 우리에게 열려있는 공간이라 아이들이 인식하기 시작하면, 자발적으로 도서관을 방문하기 시작하게 된다.

구산초, 도서관 첫걸음을 딛다

구산초등학교와는 오래전부터 인연을 이어오고 있다. 겨울방학 독서 인증제 프로그램을 통해 아이들이 책을 읽고 사서와 대화하며 도장을 모으는 활동은 방학에도 책을 가까이할 수 있는 계기가 된다. 또 학기 중에는 1학년부터 6학년까지 전교생이 차례대로 도서관을 방문하고 있다. 도서관 이용 교육을 포함한 대출·반납을 체험하고 도서관 도면을 들고 구석구석을 돌아다니며 어떤 공간인지 파악하는 활동은 아이들에게 도서관이라는 공간이 친숙하게 다가오는 기회가 된다. 6학년의 경우 예비 중학생임을 고려하여 청소년자료실을 탐방하고 청소년 책을 미리 접해보는 등의 활동으로 학년이 달라져도 꾸준히 도서관에 방문할 수 있는 계기를 만들었다.

은평중, 알고 보면 청소년자료실 단골

"사서 쌤! 올해는 저희 뭐 해요?" 은평중 도서부 프로그램은 4월이 되어야 시작하는데 이 친구들은 시작하기 전 도서관에 들러 어떤 활동을 하는지 물어본다. 아직 1년 계획을 다 세우지 못했는데도. 한 달에 한 번 동아리 활동 시간에 맞춰 도서관에 방문하는 은평중 도서부 학생들은 언제나 밝은 얼굴로 인사한다. 그리고 어떤 활동을 진행해도 싫다는 내색 없이 열정적으로 임한다. 그리고 주말이면 어김없이 청소년자료실 근처 좌석을 떡하니 자리 차지하고 공부나 독서를 하고 있다. 항상 데스크에 앉아 있는 사서에게 인사하고 간식 받아 가는 것도 잊지 않는다. 정식적으로 진행하는 프로그램은 한 달에 한 번이지만, 은평중 도서부 친구들은 거의 매주 만나고 있는 셈이다. 어떻게 보면 자주 오고 싶은 장소로 도서관이 선정된 것 같아 매번 뿌듯해진다.

예일여중, 한 해의 시작과 끝을 함께하다

1년의 시작 혹은 끝이 되면 언제나 전화가 온다. "안녕하세요, 예일여자중학교입니다." 도서관에서 도보 5분 거리에 있는 예일여중과는 언제나 학년 초, 학기 말에 독서프로그램을 진행해 왔다. 학생들에게 한 해의 시작과 끝에 의미 있는 경험을 해주고 싶다는 선생님의 말씀은 매번 공감이 갔기에 더욱더 열심히 준비하게 되기도 한다. 특히 2024년 겨울, 1학년과 3학년 전교생 대상으로 진행한 '우리들의 이야기 팝업북' 프로그램은 조별로 팝업북 한 권을 만들어내는 프로그램이었는데, 결과물이 좋아 2025년 1~2월에 도서관 갤러리에서 특별 전시를 진행하기도 하였다. 친구와 함께 만든 작품이 도서관에 전시된다는 것이 학생들에게 새롭게 다가왔는지 방학임에도 불구하고 삼삼오오 구경하러 오는 모습이 즐거워보였다.

선정국제관광고, 청소년이 읽어주는 책의 힘

선정국제관광고 도서부는 매년 어린이, 청소년 대상으로 독서프로그램을 진행한다. 청소년이 아이들과 함께하고 싶은 독서프로그램을 정하고 사서와 함께 준비하는 것이다. 단순히 동화책을 읽어주는 게 아닌 동화구연을 매번 진행해 어린이들에게 인기가 많다. 종종 예쁘고 멋진 언니, 오빠들이 하는 프로그램은 언제 또 하는지 물어보는 어린이들이 생길 정도이다. 자신들이 재미있게 읽은 청소년 도서의 작가와 함께하는 작가와의 만남 프로그램을 진행하기도 했다. 매년 프로그램을 진행하며 아직은 어색한 1학년을 2, 3학년 선배가 이끌어주고 그런 후배들이 내년에 능숙하게 또 새로운 부원을 이끌어주는 모습을 보고 있으면, 도서관과 함께 학생들이 성장한다는 것을 알게 되는 것 같다.

'도서관은 어렵고 싫다', '나는 책에 알레르기가 있다'라며 학교 수업 때문에 억지로 왔는지 부루퉁한 얼굴로 앉아 있던 아이들이 독서프로그램이 끝나고 '도서관이 이렇게 재미있는지 몰랐어요!', '학교 끝나고 올게요'라고 말하며 돌아가는 순간 짜릿함을 느낀다. 다양한 독서프로그램을 고민하고 만들어내는 것도 이런 이유 때문일 것이다. 앞으로도 아이들에게 심심하면 놀러올 수 있는 공간, 집, 학교 그리고 도서관이 될 정도로 오랜 시간을 함께할 수 있는 공간으로 자리하면 좋겠다.

선정국제 관광고와
함께하는 호국빵 만들기

도서관은 학교와 연결되어야 합니다!

고정원

구산동도서관마을에서 제가 처음 맡은 일 중 하나가 청소년운영위원회였습니다. 아이들은 자신들의 목소리를 내고 저는 그 목소리를 놓치고 싶지 않았습니다. "뭘 하고 싶니?"라고 물으면 아이들은 주저하지 않고 대답했습니다. 그 대답이 저를 감동하게 했고 우리는 곧바로 행동으로 옮겼습니다. 작은 부스 운영에서 공연 기획까지 아이들은 스스로 판을 벌이고 책임을 지는 경험을 쌓아갔습니다. 도서관 마루 한쪽은 언제나 청소년들의 자리가 되곤 했는데 그곳에서 웃고 토론하며 자라나는 모습을 지켜볼 수 있었습니다. 몇 년이 지나 성인이 된 아이들이 다시 도서관을 찾아와 반갑게 인사할 때 저는 그 세월이 얼마나 값졌는지를 실감합니다.

어린이자료실을 맡았을 때 가장 아쉬웠던 점은 고학년 아이들의 부재였습니다. 저학년 아이들보다 설 자리를 찾지 못하고 금세 도서관을 떠나는 모습이 안타까웠습니다. 그래서 '어린이회'를 만들었습니다. 스스로 책을 고르고, 모임을 기획하고, 친구들과 의견을 나누는 과정에서 아이들은 주체적으로 성장했습니다. '학교는 만만한 곳이 아니야.', '집에서 하는 행동을 하면 안 돼.'라는 6학년이 1학년에게 남긴 조언들은 그 자체로 책보다 더 값진 텍스트가 되었습니다.

이 모든 과정에는 은평도서관마을사회적협동조합 독서문화부 선생님들과 지역활동가들의 헌신이 있었습니다. 처음엔 전문 강사가 아니었지만, 아이들을 만나며 함께 배우고 성장했습니다. PPT 하나 만드는 것을 어려워하던 분들이 이제는 자신 있게 수업을 이끌고 있습니다. 대영학교에서 자폐나 발달 장애 아이들을 몇 년째 꾸준히 만나며 변화와 성장을 지켜본 순간들은 말로 할 수 없는 감동이었습니다. 도서관이 주민들과 함께 만들어낸 기적 같은 이야기들이 지금도 제 마음을 움직입니다.

특히 저는 도서관이 학교와 연결되는 것이 무엇보다 중요하다고 생각합니다. 예일여중 교사와 함께 교육과정을 짜서 국어와 사회 수업에 연결했던 일, 구산초등학교 아이들 전체를 대상으로 한 도서관 교육까지, 도서관은 학교와 지역을 이어주는 다리였습니다. 덕분에 아이들은 책을 배우는 것이 아니라 책으로 삶을 배우게 됩니다.

사서로서 10년을 보냈지만 매해 새로 시작하는 기분입니다. 어린이자료실, 청소년자료실, 종합자료실을 오가며 맡은 일마다 처음처럼 배웠습니다. 제게 도서관은 늘 새로운 학교이자 놀이터였습니다. 도서관의 가장 큰 매력은 '하고 싶은 일을 하게 한다'라는 점입니다. 1박 2일 캠프, 3.1 만세운동, 수능 응원 행사 등 새로운 시도를 할 수 있게 도서관은 늘 지지했습니다. 그래서 저는 두렵지 않았고, 아이들과 함께라면 무엇이든 해낼 수 있었습니다.

아이들이 자라서 다시 도서관을 찾아올 때 저는 비로소 제 역할이 무엇이었는지 깨닫습니다. 도서관은 책을 쌓는 곳이 아니라 삶을 함께 살아내는 곳이라는 사실. 앞으로도 저는 아이들과 청소년, 그리고 이 마을과 함께 도서관에서 살아가고 싶습니다.

도서관에서 만나는 인문학

2024년 봄, 도서관은 조금 다른 시도를 해보기로 했다. 매년 저녁 시간대에 열던 '길 위의 인문학'을 이번에는 오전에 운영해 보기로 한 것이다. 그동안 인문학 강연은 늘 퇴근 후에 참여하는 저녁 프로그램으로만 진행됐지만, 낮에 도서관을 찾는 주민들의 발걸음도 점점 늘고 있었다. 아이를 등교시킨 학부모와 휴일을 보내는 직장인, 여유로운 시간을 보내고자 하는 중장년층까지 '낮에도 강연이 있으면 좋겠다'라는 목소리가 자연스럽게 쌓여갔다. 도서관은 그들의 생활 리듬 속에서 인문학을 만날 수 있는 자리를 만들어보기로 했다.

새로운 시도였기에 '과연 오전에 사람들이 올까?'라는 걱정이 있었지만, 모집 공고가 올라가자 상황은 예상과 전혀 달랐다. 신청 전화가 쉴 새 없이 울렸고 온라인 접수는 단시간에 마감되었다. 40명으로 시작했던 모집 인원은 문의가 이어지며 70명 가까이 늘어났고, 덕분에 도서관은 오히려 좌석을 더 확보해야 했다. 첫 강연 날, 강의실은 사람들로 가득 찼다. 책상과 의자를 추가로 가져왔지만 서서 듣는 사람까지 있을 정도였다. 피곤한 얼굴 대신 집중한 눈빛이 퇴근 후 강연보다 훨씬 밝았다.

강연의 주제는 '미술에 담긴 우리 삶, 우리 역사'였다. 한국 근현대 미술사를 중심으로 매 회차 이론 강의와 함께 조별 토론이 진행되었다. 청년층부터 중장년층까지 다양한 세대가 함께 참여했지만, 처음의 어색함은 금세 사라졌다. 작품을 통해 서로의 생각을 나누고, '이 그림이 지금의 나를 비춘다면 어떤 모습일까?'라는 이야기도 오갔다.

서로 다른 연령대의 사람들이 모였지만, 토론의 분위기는 차분했다. 작품을 이야기할 때는 각자의 경험이 자연스럽게 드러나 의견이 달라도 무리가 없었다. 때때로 한두 문장만 덧붙여도 충분한 시간이 되었다. 어떤 수강생은 본인이 직접 그린 그림을 가져와 설명하며 전시에 참여했던 경험을 조원들과 나누어주기도 했다. 시간이 지날수록 참여자들의 태도에도 변화가 있었다. 초반에는 조용히 듣기만 하던 분들이 점차 질문하거나 참고 자료를 준비해 와 공유하는 일이 많아졌다. 모임에 익숙해지면서 자연스럽게 생긴 변화이자 흐름이 토론의 깊이를 조금씩 더해 주었다.

　탐방이 진행된 날에는 수강생들과 강사, 사서가 함께 석파정 서울미술관을 방문했다. 봄 햇살이 비추던 정원에서 나눈 대화는 지금도 오래 기억에 남는다. 그날 이후 이 만남을 계속 이어가면 좋겠다는 이야기가 자연스럽게 흘러나왔다. 12회의 강연이 끝나고, 마지막 13회차에는 길 위의 인문학 수료식과 함께 '후속 동아리를 만들자'라는 제안이 있었다. 많은 사람이 손을 들었고 그렇게 새로운 동아리가 결성되었다.

미술 작품을 통해 배우고 성장하는 동아리 '미시'

그 후 새로운 동아리의 첫 모임에는 11명의 회원이 모였다. 서로 인사를 나누고 앞으로의 활동 방향을 논의했다. 회원 중 회장과 총무를 선출하고 이름도 정했다. '미시(美時) – 미술관을 읽는 시간.' 미시는 격월로 도서관에 모여 미술 관련 도서와 자료를 함께 읽고, 직접 전시를 탐방하는 모임이다. 회원들은 함께 보고 싶은 작가나 전시를 정하고 각자 공부한 내용을 공유한 뒤 함께 관람을 떠난다. 읽고, 보고, 이야기하는 과정을 반복하며 서로의 시선이 조금씩 확장되어 간다.

　그동안 미시는 위창 오세창의 작품을 보기 위해 간송미술관을 찾았고 고흐 전시, 김환기미술관과 윤동주문학관, 마르크 샤갈 전시, 김창렬 화백 회고전 등을 함께 관람했다. 매번 다른 미술가와 작품을 통해 그 시대의 역사와 사람, 그리고 우리 자신의 삶을 되돌아보는 시간을 가졌다.

　동아리 활동 속에는 작은 성취도 있었다. 박은정 동아리원은 은평시민기록공모전에서 대상을 받았고, 박미숙 동아리원은 개인전 〈세바다〉를 열어 회원들이 함께 전시를 관람했다. 미술을 함께 공부하던 모임이 자연스럽게 지역의 문화활동으로 확장된 셈이다.

또한, 길 위의 인문학 강연을 맡았던 강무현 선생님은 지금도 미시의 든든한 동반자이자 멘토로 함께하고 있다. 재능 기부로 동아리 모임에 참석하여 회원들을 위한 강연과 미술관 도슨트를 진행하며 꾸준히 배움의 자리를 이어가고 있다. 동아리원들은 선생님을 '미시의 정신적 지주'라고 부른다.

현재도 미시는 꾸준히 활동을 이어가고 있다. 매월 마지막 수요일, 도서관 한쪽에서는 책을 펼치고 서로의 생각을 나누는 목소리가 들린다. 전시를 함께 보고, 감상을 이야기하며, 도서관 안에서 또 하나의 배움 공동체가 만들어지고 있다. 앞으로는 사서도 함께 전시 관람에 동행해 회원들과 새로운 방향을 모색할 예정이다. 각자 사는 곳도, 나이도, 관심사도 다르지만 '미술'이라는 공통의 주제로 모여 서로 배우고 성장하는 이 만남은 앞으로도 이어질 것이다.

* '길 위의 인문학'은 문화체육관광부가 주관하는 인문학 대중화 사업으로 강연과 탐방, 토론이 함께 진행되는 프로그램이다.

은평 기록 보물 창고

"이 자료, 여기 말고는 없어요"

어느 무더운 여름, 전통 건축 장식인 '장석(欌錫)'을 연구하는 김OO 선생님이 자료를 찾기 위해 마을자료실을 방문했다. 은평역사한옥박물관에서 〈정교한 만남, 소목과 장석〉 전시를 진행했을 때 발간된 전시 자료집을 찾았다. 책을 펼치며 그녀는 놀라움과 감탄이 섞인 목소리로 말했다. "이 자료, 여기 말고는 없어요. 한옥박물관에도 없고, 다른 도서관에도 없는데… 어떻게 여기엔 있는 거죠?" 그렇게 자료를 손에 들고 좋아하던 표정은 지금도 잊을 수가 없다.

오래도록 서가에서 잠자고 있었을지도 모를 자료 한 점이 한 이용자의 연구에 필요한 것이었다. 누군가에게는 사소할 수 있는 기록자료가 다른 누군가에게 새롭게 발견되고 문제를 해결하는 열쇠가 되기도 한다. 기록은 단순히 수집해서 모아두는 것이 아니라 사람과 사람, 시간과 공간을 잇는 연결의 매개임을 보여주는 순간이다. 이렇게 아주 작고도 정교한 만남을 준비하며 우리는 더 좋은 지역 자료를 발굴하고 수집한다.

구산동도서관마을은 마을 주민이 직접 기획하고 힘을 모아 만든 주민참여형 공공도서관으로, 주민들이 오랫동안 살아온 집들을 잇고 고쳐서 마을공동체를 위한 도서관을 만들어서 더욱 특별하다. 도서관을 만드는 과정 그 자체가 주민자치, 민관협치, 마을공동체 활동의 소중한 경험이자 실천이었다. 개발과 성장 중심의 사회가 획일적이고 단일한 모습의 문화를 만들어내면서 젠트리피케이션(내몰림 현상)과 함께 다양한 지역 문화를 파괴하거나 소멸시켰지만, 어느 지역보다 주민자치 활동이 활발한 은평구는 시민단체와 마을공동체 활동이 다양하고 활발하게 펼쳐져왔다. 이런 지역적 기반 위에서 구산동도서관마을은 개관 초기부터 은평구의 향토역사 문화자료뿐 아니라 은평구 지역에서 발간되는 다양한 지역 자료와 마을공동체 활동자료 등 민간 기록을 꾸준히 수집, 정리, 보존해오고 있다.

지역 자료 아카이브 구축에 관한 관심이 증가하면서 각 지자체나 지역의 다양한 문화기관들에서 마을 기록화와 아카이브 사업이 많이 진행되고 있지만, 그 결과로 만들어진 기록은 제대로 관리되고 있지 않다. 마을자료실에서는 지역사회 공동체와 지역 자료를 아카이브 하고자 한다. 주민들의 삶과 마을의 역사가 담긴 마을기록은 지역학 연구의 중요한 자료가 될 뿐만 아니라, 공공의 기록이 대변하지 못하는 역사를 민간 기록이 대변하고 지역의 정체성과 공동체성을 강화하는 중요한 역할을 하기 때문이다.

수집은 지역사회의 목소리를 기록하는 첫 단계

마을자료실은 개관 초기부터 적극적인 자료수집 활동을 전개했다. 은평구 관내 통장단 회의, 주민들 모임이 있는 곳에 찾아가 마을자료의 필요성을 말하고 '자료수집 설명회'를 진행하는 등 지역 자료를 망라하여 수집했다. 최근에는 주민자치, 민관협치, 마을공동체라는 주요 수집 키워드를 중심으로 더욱 전략적으로 지역 자료를 수집하고자 했다.

2024년 자료수집의 주요 키워드는 '주민자치'로 은평구 관내 16개 동의 주민자치회를 방문하고 주민총회와 주민자치사업을 진행하면서 생산되는 기록물들을 대상으로 했다. 구청 주민참여협치과 주무관의 협조를 받아 자료수집에 대한 협조공문과 수집 취지를 설명하는 메일을 각 자치회에 보내고, 직접 방문하여 함께 자료를 선별하는 등 다양한 기록물을 수집할 수 있었다. 모여진 자료들이 앞으로 이용자들에게 어떻게 활용될지, 어떤 가치를 가지게 될지 생각하며 분류하고 정리하는 일이 남아 있다. 이 외에도 은평문화원에서 발간된 은평구향토사료집 결호들을 수집하여 은평구 향토역사

문화자료 상설전시 코너를 마련하고, 서울기록원, 은평상상, 신나는애프터센터 등 지역 기관의 발간물을 차례로 수집했다. 고문헌연구회와 은평구청이 발간한 〈항공사진으로 보는 은평구 이야기〉, 녹번동에 서울혁신파크가 조성되던 초기의 연구 용역자료 〈혁신파크 공간을 어떻게 조성할 것인가〉와 2000년대 초반 마을공동체 활동이 시작되던 시기 열린사회시민회가 갈현동 지역 주민과 함께 활동한 〈갈곡리공원 제모습 찾기 활동 보고서〉 자료가 새롭게 수집되기도 했다.

현재 마을자료실에서 소장하고 있는 자료는 모두 2,100여 점으로 대부분 기증으로 수집, 분류, 등록, 비치된다. 향토역사문화자료 외에 은평구의 과거와 현재를 알 수 있는 구정백서, 통계연보, 사회조사보고서 등 공공기관에서 발간한 행정 자료와 〈예일여고 50년사〉, 〈숭실 100년사〉, 〈동명 100년사〉, 〈대영학교 30년사〉 등 학교가 발간한 은평구 학교사 자료, 〈서북병원 65년사〉, 〈서울 의료사〉 등 은평의 오래된 병원에 대한 자료도 있다. 또 다양한 시선이 담긴 주민들의 마을기록인 〈불광동 이야기〉, 〈진관동 이야기〉를 포함하여 마을공동체 활동자료, 은평구 주민들의 예술 문화활동을 담은 〈은평 문예〉, 〈은평 문학〉 그리고 〈서울역사〉 자료 등을 소장하고 있다.

지역 이야기를 함께 기록하는 순간

구산동도서관마을은 다양한 전시와 프로그램을 꾸준히 운영해왔다. 〈은평구 민담과 설화〉, 〈은평의 독립운동가〉, 〈마을을 기록하다〉 등의 주제전시를 기획하고, 전문가 또는 주민들이 활동을 통해 생산된 마을기록을 찾아내어 '이달의 자료', '새로 들어온 자료' 코너를 통해 마을자료를 주기적으로 소개하고 있다. 특히 지역신문인 〈은평시민신문〉과 살림의료복지사회적협동조합 소식지 〈건강살림이〉는 수집 후 제본 자료로 만들어 소장하고 있다. 지역신문과 소식지는 공식기록이 담지 못하는 생활의 역사를 기록할 뿐만 아니라 지역사의 연대기적 흐름으로 재구성되어 지역사회 변화의 맥락을 한눈에 파악할 수 있다. 또 지역 주체의 자발적 기록이기 때문에 나중에 '그때 이 동네에 어떤 일이 있었지?'를 살펴보는 귀중한 사료가 될 것이다. 그리고 은평구 여러 기관이나 주민 소모임에서 진행하는 다양한 행사 포스터와 도서관 프로그램 포스터를 수집하고 연도별로 제본하여 〈은평의 행사〉, 〈도서관의 행사〉 포스터 북을 만들고 있다. 이 자료는 10, 20년 뒤 도서관과 지역에서 어떤 이슈를 가진 행사가 있었는지 한눈에 보여줄 것이다.

또 2023년 지역과 연계한 구술채록사업으로 〈로컬의 기억과 기록의 발견〉이 제작되었고, 2024년 '내가 사는 은평, 내가 살던 은평'에 대한 지역 주민들의 기억과 일상생활 기록을 수집하여 자료집 〈여기, 이야기사진관〉을, 2025년 구산동주민자치회와의 연계 협력을 통해 '구산동네아카이빙 프로젝트'를 추진하고 마을잡지 〈구산별곡〉을 제작했다.

기록이 오래 머물 수 있도록 지키고 공유하는 일

이는 기록의 성격과 가치에 따라 적절하게 분류·보존·제공하여 지역사회의 기억·기록을 구조화하고 꾸준히 전승해야 하는 공공도서관의 역할을 보여준다. 이렇게 관리된 지역 자료는 주민과 이용자에게 다양한 방식으로 연결되고, 교육, 전시, 콘텐츠 제작, 공동체 활동 등으로 재구성·재해석되어 살아 있는 지역 자원으로 확장된다. 마을자료실은 단지 자료 보관의 공간을 넘어 기록이 유통되고 활용되는 열린 플랫폼으로 기능하며, 지역 기록의 공유와 순환을 실현하는 실천적 거점이 되고자 한다.

2019년 서울기록원이 개원할 당시, 구산동도서관마을이 보유한 은평구 자료 463점이 4개월간 특별 대여되어 개관 기념 전시에 활용되었다. 서울역사편찬원에서는 〈서울 동(洞)의 역사〉를 편찬하기 위한 기초 자료 조사로 마을자료실의 지역 관련 자료를 요청했었다. 2024년 내를건너서숲으로도서관 상주 작가 지원사업으로 진행하는 '나도 작가, 우리 동네 숨은 이야기 찾기' 프로그램을 진행하고자 마을자료 특별대출 요청을 하는 등 다양한 콘텐츠 제작을 위한 마을자료의 활용이 이루어지고 있다. 마을자료는 대부분 기증으로 수집된 소중한 기록들이다. 이 자료들은 일반 도서처럼 다시 구매하거나 구할 수 없는 경우가 많아서 원칙적으로는 관내 열람 전용으로 운영되며 대출이 불가하다. 다만, 활용 목적이 명확하고 필요성이 인정될 때는 대출신청서를 작성하면 특별대출이 가능하다. 그 외에도 벤치마킹을 오거나 마을 탐방, 견학으로 마을자료실을 찾기도 한다.

은평, 마을을 기억하고 기록합니다

마을을 기록하는 일은 사라져가는 공동체의 역사와 현재를 살아가는 주민들의 삶을 기억하기 위한 실천이다. 주민참여로 이루어지는 기록과 수집 활동은 마을기록의 지속가능성을 높이고, 지역에 관한 관심과 주민 간 관계를 연결하고 확장하는 계기가 된다. 이는 개인의 경험을 공동체의 기억으로 확장하는 과정이며, 주민 스스로가 기록의 주체가 되어 삶을 후대에 전승하는 것이 공동체 아카이브의 핵심이다. 지역(자료)을 아카이빙 하는 일은 한 지역의 역사, 문화, 사회적인 변화 등을 기록하고 보존하는 것을 의미하며, 지역에 대한 역사와 문화를 인식하고 새롭게 알아가며 소중히 여기는 기회가 되기도 한다. 마을기록에 대한 인식과 필요성을 공유하고, 기록을 위한 자원과 전문성을 확보하는 것, 생산된 마을기록을 수집하는 것, 수집된 기록물을 보관하고 관리하는 것, 지속적인 보존을 위해 디지털 아카이빙을 하는 것, 그리고 기록물이 지역사회 안에서 공유되고 활용되는 것이 모두 중요하기에 도서관을 포함한 지역사회 전체가 참여하고 협력해야 한다. 구산동도서관마을 마을자료실은 지속 가능한 기록 활동과 지역 아카이브의 거점이자 누구나 기록하고 활용할 수 있는 열린 기억의 플랫폼으로, 기록관으로서의 가능성을 가지고 그 역할을 하고자 한다.

도서관 사서의 N가지 활약

혹시 손톱깎이 있나요?

이용자 : 혹시 손톱깎이 있나요? 제가 오늘 제과제빵 시험을 보러 가는데, 손톱 정리를 못하고 나왔어요. 손톱 검사를 하지는 않겠지만 그래도 짧게 자르고 가야 할 것 같아서요. 집에 갔다 올 시간은 안되고 너무 신경 쓰여요.

사서 : 제가 개인적으로 가지고 있는 손톱깎이가 있는데 괜찮다면 빌려드릴게요. 잠시만요.

이용자 : 정말 감사해요. 덕분에 마음이 한결 편안해져서 시험 잘 보고 올 것 같아요. 이거 제가 연습용으로 만든 빵인데, 감사해서 드리고 싶어요. 소보로 빵이랑 단팥빵이에요. 에어프라이어에 살짝 돌려 먹으면 맛있을 거예요!

사서 : 안 주셔도 되는데… 감사히 잘 먹겠습니다. 시험 잘 보고 오세요!

도서관은 다이소

이용자 : 쌤! 저 교복이 뜯어졌어요. 혹시 실하고 바늘 있으세요? 어떡하죠? 학원 가야 하는데.

사서 : 어쩌다가? 에휴 조심하지 그랬어.

이용자 : 축구요. 근데 저 바느질 못 하는데….

사서 : 실이랑 바늘은 있어. 사실 나도 바느질을 잘은 못하지만 뜯어진 데만 어떻게든 메꿔볼게. 다음에는 네가 해봐.

죄를 지은 사람이 갑자기 죽어요

이용자 : 녹번만화도서관에서 보던 만화책인데요, 다 못 보고 나왔거든요. 다른 도서관에 전화해서 물어보니까 구산동도서관마을에 있다고 안내해줬어요. 제목은 〈죄인〉이에요.

사서 : 제인이요?

이용자 : 아뇨, 죄~인이요.

사서 : 아, '죄를 지은 사람', '죄인'이군요, 잠시만요. (검색 중)
죄인이라는 이름의 만화는 없는데 어떤 내용인가요?

이용자 : 죄를 지은 사람이 갑자기 죽어요.

사서 : 죄를 지으면 죽는 내용이고 제목은 죄인이고요? 혹시 다른 정보가 더 있을까요? 아무거라도요.

이용자 : 한국 작가 두 명이 그렸고 두 권짜리였어요. 그리고 넷플릭스에서 추천받은 만화예요.

사서 : 넷플릭스 드라마나 영화로 있다는 이야기군요!
연상호 감독의 〈지옥〉 여기 있습니다!

자전거 타고 가다 넘어졌어요!

이용자 : 제가 이 앞에서 자전거 타고 가다가 넘어졌는데 좀 다쳤어요. 피가 많이 나서 혹시 하고 도서관 들어와 봤는데 구급약 같은 게 있을까요?

사서 : 헉~ 피가 많이 나네요. 어쩌다 넘어지셨어요? 저희 가지고 있는 구급약이 있어요. 소독 먼저 하고 약 발라야 할 것 같아요. 소독약이랑 연고랑 밴드도 드릴까요? 상처가 너무 큰데요.

이용자 : 네네, 감사합니다. 도서관에 구급약이 잘 구비되어 있네요. 별 기대 안 하고 들어왔는데 들어오길 잘한 것 같아요. 친절하게 치료(?)해주셔서 감사해요. 덕분에 무사히 집에 갈 수 있겠어요. 감사합니다.

사서 : 네에~, 조심히 들어가세요.

냉면집 추천해주세요

이용자 : 저… 안녕하세요. 뭐 좀 물어봐도 될까요? 도서관 주변에 식당 좀 물어보려고요. 제가 오늘 냉면이 너무 먹고 싶은데, 걸어서 갈 수 있을 만한 거리에 냉면집이 있을까요? 가서 먹고 다시 돌아와서 공부하려고요.

사서 : 배달 전문 냉면집은 몇 군데 봤는데, 가서 먹을 수 있는 곳이 있는지 한번 찾아볼게요. 잠시만 기다려주세요.

이용자 : 네, 감사합니다. 그런데 냉면이 5천 원을 넘지 않았으면 좋겠어요. 요즘 냉면도 너무 비싸더라고요.

사서 : 요즘 물가가 많이 올라서요. 근처에 냉면집이 두 군데 나오는데 모두 만 원 정도 하네요. 잠시만요. 김밥이랑 돈가스 등 다양한 메뉴를 파는 분식집이 또 한 곳 있는데 메뉴에 냉면도 있네요! 여기 냉면이 딱 5천 원이에요.

이용자 : 감사합니다.

사서도 수학은 어려워

이용자(고등학교 2학년 남학생) : 선생님 학교 다닐 때 수학 잘하셨어요? 저 시험 공부하는데 해설지를 아무리 읽어봐도 이해가 안돼서요. 이거 좀 풀어주세요.

사서(20대 사회초년생 사서) : 내 수학 실력을 시험하려는 거야?! 나 고등학교 2학년 때 울면서 수학 공부하다가 수포자 됐어. 그래도 기억을 더듬어서 같이 한번 봐볼까?

음… 기억이 하나도 안나. 전혀 모르겠어. 너무 어렵다^^!

이용자 : 그쵸 어렵죠…? 이거 몰라도 대학교 갈 수 있겠죠?

사서 : 글쎄… 엇 잠깐만!! 내가 공부 엄청 잘 하는 누나 소개시켜줄게. OO아, 잠깐만 이리와봐!

이용자 2(공부 잘하는 고3 여학생) : 네 선생님, 왜요?

사서 : 아니 얘가 어려운 수학 문제가 하나 있다는데, 해설을 봐도 어려워서. 혹시 잠깐 시간 되면 좀 도와줄 수 있어?

이용자 2 : 헉 자신 없는데… 한번 봐볼게요!

사서 : 잘됐다! 앞으로 수학 풀다가 모르면 이 누나 도서관에 매일 오니까 도움 요청해~ 친하게 지내!

판타지 소설 좋아하세요?

이용자 : 〈타라덩컨〉이라는 책 있을까요?

사서 : 그럼요, 이쪽에 있어요! 〈타라덩컨〉 같은 판타지 소설 좋아하세요? (신남)

이용자 : 아, 아이가 보고 싶다고 해서요. 저는 잘 몰라요.

사서 : 자녀분이 판타지 좋아하나 봐요! 저도 진짜 좋아하거든요. 학생 때는 판타지 소설 보려고 도서관에 오고 그랬어요. 혹시 다른 책도 추천해 드릴까요? (더 신남)

이용자 : 네!

사서 : 〈나니아 연대기〉도 재밌고요, 〈퍼시 잭슨〉은 〈타라덩컨〉이랑 비슷해서 좋아하실 거예요. 잠시만요, 더 찾아드릴게요. (완전 신남)

사서 : (한참 뒤 책을 잔뜩 들고 나타나) 찾다 보니 학생이 좋아할 만한 판타지가 계속 생각나더라고요. 자료실이랑 서가 뒤쪽까지 다 뒤져보고 골라왔어요. 한 번에 다섯 권까지 대출되니까, 이거 다 빌리셔도 돼요!

이용자 : 죄송해요. 제가 외출 중이라 한 권만 빌리려고요. (난처)

사서 : 아, 그러셨구나. 기다리시게 해서 제가 더 죄송해요. 이 목록 기억해두셨다가 다음에 꼭 보세요.

관장 나오라 그래!

이용자 1 (강력 민원인) : (소리를 버럭 지르며) 관장 나오라 그래.

사서 : 진정하시고 잠시 이야기 나누시죠. 도서관 규정상 신분증으로는 대출이 어려워요. 회원증은 금방 만들어드릴게요. 5분이면 됩니다.

이용자 1 : (위협적으로) 회원증은 필요 없다고! 사람을 계속 세워놓고 말이야. 나 바쁜 사람이야. 이래도 돼?

이용자 2 : (달래는 말투로) 그만 하세요. 여기 어린이들도 있고, 다들 놀라요. 소리 지르시면 안 됩니다.

이용자 3 : (이성적인 말투로) 신분증으로 대출해달라는 게 말이 되나요? 규정이 있는데 왜 억지로 요구하세요.

이용자 1 : (비꼬듯이) 다들 여기 직원이라도 돼? 왜 이렇게 나서?

이용자 4 : (단호한 말투로) 지금 공공장소에서 소리 지르고 난동 부리시는 거, 업무방해랑 경범죄 처벌 대상 될 수 있습니다. 계속 이러시면 바로 신고합니다.

이용자 1 : (씩씩거리며) 아니, 내가 잘못한 게 뭐가 있다고 이 난리야. 쳇~ (나간다)

이용자 2.3.4 : (사서에게 다가와) 괜찮으세요? 별일이 다 있네요.

사서 : 도와주셔서 정말 감사합니다.

4장
도서관의 시간, 마을의 얼굴

시간이 흐르는 동안 구산동도서관마을에는 다양한 시도와 활동이 이어져 왔다. 이 시간은 단순한 기록에 머물지 않고 도서관이 지역과 관계를 맺는 방식으로 쌓여갔다. 도서관 안에서 시작된 일들은 골목과 마을로 이어지며 일상과 맞닿았고, 사람들의 참여 속에서 그 모습도 조금씩 달라져 왔다. 그렇게 쌓인 시간은 오늘의 도서관을 만들었고, 지금도 새로운 이야기를 이어가고 있다.

우리가 바라는 구산동도서관마을

2025년 8월 23일 토요일, 구산동도서관마을은 개관 10주년을 맞아 도서관을 이용했던, 이용하는 주민과 청소년들이 모여 함께 발자취를 돌아보는 자리를 마련했다. '그때, 우리, 다시'라는 이름으로 모인 이들은 도서관 개관부터 오늘에 이르기까지의 여정을 되짚고, 앞으로의 도서관이 나아갈 방향을 모색하는 시간을 가졌다.

함께한 10년을 돌아보다

도서관 설립 및 개관 준비 과정을 공유하며 시작된 집담회는 지난 10년간의 활동 영상을 상영하고 도서관 깊이 알기 퀴즈를 진행하며 유쾌하게 시작되었다. 힐링캠프 한쪽 벽에는 직원들과 주민들이 함께한 사진 전시도 있었다. 참여한 주민들은 도서관의 변화와 성장 과정을 이야기하며, 자신이 걸어온 시간과 도서관의 시간이 겹쳐지는 순간들을 함께 나누었다. 2015년부터 함께해온 자원봉사자, 독서활동가, 청소년 동아리원 등은 각자의 경험을 나누며 도서관과 함께한 시간을 되짚었다. 한 주민은 "도서관 개관 10주년을 축하한다. 10년간 동아리 활동을 하며 나도 성장하는 시간이었다. 손수 인화한 사진을 보고 있자니 벅차서 눈물이 났다. 도서관에서 활발히 재미나게 활동했던 시간이 스쳐 지나간다. 앞으로도 독서동아리가 잘 운영되기를 바란다"라고 말했다.

우리가 만드는 도서관의 미래

집담회의 마지막 순서는 '10년 후 도서관에게 보내는 편지'였다. 참여자들은 도서관에 바라는 점, 꿈꾸는 도서관의 미래 그리고 미래의 자신에게 전하고 싶은 마음을 종이에 담았다. 주로 도서관이 늘 활기차고 웃음이 넘치는 공간이 되기를, 책을 매개로 다양한 세대가 함께 어울리는 도서관이 되기를, 지금처럼 이 자리에 오래 머물러주기를 바라는 마음들이 있었다. 편지들은 타임캡슐에 봉인되어 10년 후 열어볼 예정이다.

주민들이 바라는 도서관

주민들은 우리 도서관이 어떤 도서관이 되기를 바라고 있을까? 집담회에 참여한 주민들은 프로그램, 공간, 도서관 홍보 등 다양한 의견을 주었다. 프로그램 관련으로는 그림책 전시회나 음악과 요리가 함께하는 프로그램에 참여하고 싶다, 요즘 트렌드를 반영한 AI나 SNS 활용 강좌, 4차 산업혁명과 관련된 교육 등 시대 흐름을 반영한 강연도 열어달라는 의견이 있었다. 공간에 대한 제안도 있었다. 사랑방 같은 휴게실을 원하기도 하고 작은 카페가 있으면 도서관의 분위기가 더 따뜻해질 것 같다, 너무 조용하기보다는 사람들의 작은 이야기 소리가 공존하는 도서관이 좋다는 목소리도 있었다. 도서관이 너무 조용하기보다는 함께 있는 공간을 바라는 의견이 많았다. 일부는 도서관의 활동들이 잘 홍보되었으면 좋겠다고 적기도 했다.

도서관, 다음 10년을 그리다

구산동도서관마을은 개관 초기부터 직원들이 자발적 학습모임, 독서토론, 조직성장워크숍 등을 진행하며 꾸준히 목소리를 내왔다. 이러한 직원 워크숍을 통해 도서관 중장기 발전계획을 수립하면서 도서관의 발전 과제를 발굴하고 비전 체계도를 도출해냈다. 구산동도서관마을은 지난 10년에 머무르지 않고 앞으로의 10년을 준비하고 있다. 우리의 다음 10년을 기대해본다.

더 나은 공간을 위한 변화가 필요하다는 인식

직원들은 도서관이 지역사회의 중심공간으로 계속 성장하기 위해서는 공간, 프로그램, 정보서비스, 협력 등 전 영역에서의 변화가 필요하다는 데 뜻을 모았다. 특히 시설과 환경에서는 주민의 이용 방식과 요구를 반영한 공간 재편이 필요하다.

10년의 시간이 흐르며 노후화된 기자재와 조명, 가구를 교체하고, 주기적인 점검을 통해 관리 체계를 정비해야 한다는 이야기들도 이어졌다. 3층 야외공간을 책이 있는 가든이나 야외 도서관, 소규모 공연장으로 활용해 주민과 만나는 접점을 넓히자는 제안도 나왔다. 청소년과 청년을 위한 자율활동 공간을 마련하자는 의견과 함께, 행정 문서의 디지털화를 통해 내부 운영의 효율을 높이자는 논의도 이어졌다.

설립 10주년을 맞은 구산동도서관마을은 다음 10년을 그리며 앞으로의 모습과 성장 방향을 고민하고 있다. 직원 워크숍에서는 도서관의 미래를 상상하는 것에서 출발해, 도서관이 지닌 대표 자원과 강점, 다른 곳과 구별되는 특징을 돌아보았다.

마인드맵을 그려보면서 다양한 생각을 펼치고, 5년 후 이루고 싶은 목표를 구체화하는 시간도 이어졌다. 또한 새로운 독서문화 프로그램과 이곳을 찾는 사람들이 편안하게 머무를 수 있는 공간 운영 방식, 필요한 정보를 쉽게 찾고 이용할 수 있는 서비스 개선 방법, 지역사회와의 관계까지 도서관 전반의 운영 방향을 살펴보았다. 이러한 과정을 통해 도서관의 다음 10년을 함께 만들어가고 있다.

세대별 특성에 따른 프로그램 개발

독서문화와 프로그램 영역에서는 세대별 특성에 맞춘 프로그램 개발이 중요하다. 영유아, 청소년, 성인, 시니어 등 다양한 연령층이 함께 어울릴 수 있는 독서 프로그램을 확대하고, 지역 기관·단체와의 협력 프로그램도 더욱 연계할 필요가 있다. 또한 도서관 홍보 채널을 통합적으로 관리해 주민 접근성을 높이고, 추천도서·서평·전시 등 주민이 직접 참여하는 콘텐츠를 활성화함으로써 주민 주도형 도서관 문화를 만들어가고자 한다.

협력 네트워크 강화

지역사회와의 협력을 활성화하기 위해 주민이 도서관의 기획과 운영에 직접 참여할 수 있는 구조를 마련하고, 학교·복지기관·마을단체 등과의 네트워크를 더욱 강화하고자 한다. 이를 통해 도서관이 지역문화의 허브로서 역할을 확장해나가려 한다.

또한 지역 청년과 예술가의 참여를 이끌어 지역의 문화 자원을 발굴하고 공유하며, 공공기관 간 협력체계를 통해 공간과 인력을 함께 활용하는 방안도 모색한다. 도서관 홍보에서는 SNS 캠페인과 주민참여형 콘텐츠를 적극적으로 운영해 더 많은 이들과 연결되는 방식을 만들어가고자 한다.

도서관의 방향을 세우다

직원들은 중장기 발전계획 워크숍을 통해 '모두가 행복한 우리·도서관·마을'을 비전으로 도출하고, 핵심가치로 따뜻한 만남, 함께하는 성장, 열린 공동체를 세웠다.

운영목표로는 맞춤형 독서문화 프로그램을 통해 참여하는 도서관, 협력 네트워크를 확장해 연결하는 도서관, 누구나 자유롭게 이용할 수 있는 포용하는 도서관, 이용환경과 인프라를 개선해 미래를 준비하는 도서관을 그려나간다.

도서관이 공공성을 지키며 일상의 삶 속으로 스며드는 공간으로 자리 잡을 때, 비로소 주민과 함께 성장하는 '구산동도서관마을'이 완성될 것이다.

사진으로 보는 도서관

1_ 우리 동네에 도서관이 필요해요 서명운동 (2006)
2_ 도서관 부지 구입 (2008)
3_ 도서관 함께 지어요 주민설명회 (2013)
4_ 도서관 상상축제 (2013)

5_ 구산동도서관마을 건립 기공식 (2014)
6_ 구산동도서관마을 부지 (2014)
7_ 도서관 개관을 기다리는 주민들의 북콘서트 (2014)
8_ 제34회 서울특별시 건축상 대상 (2016), 제10회 대한민국 공공건축상 대상 수상 (2016)

9

10

11

만화로 그린 구산동도서관마을 이야기
날마다 도서관을 상상해
유승하 · 만화
창비

13_ 장강명 소설가 강연 (2018)

14_ 서울시 참여예산 '구산동도서관마을 가는 길 알려주세요' (2019)

15_ 인문독서아카데미 우수상 수상 (2019)

16_ 전국 도서관 운영평가 문화체육관광부 장관상 수상 (2019)

17

17_ 국가건축정책위원회 우수건축사례 선정 (2020)

18_ 인문독서아카데미 대상 수상 (2020)

19_ 데이비드 랭크스 박사 방문 (2022)

봄날, 꽃피운
마을음악회

22

23

개관 10주년 집담회 '그때, 우리, 다시' (2025)

1_ 은평도서문화축제 (2016~현재)

2_ 도서관 마을장터 (2017)

3_ 보이는 라디오 (2017)

보이는 라디오
어울 라디오 & 마침표

4

4_ 은평, 독립운동가 후손을 만나다 (2018)
5_ 구산동건강상상축제 (2019)
6_ 여기 은평, 우리들의 이야기 (2021)

7_ 은평문화재단 연계 미디어아트 (2021)

구산동도서관마을

8_ 청소년 동아리 '청화' 백일장 (2023)
9_ 동아리 한 책 읽기, 삶이 머무는 자리 도서관 (2024)

9

10

2012-2024
서울혁신파크 아카이브展
新공원, 혁신파크의 기억
PAPERBAG ARCHIVES
2016-2017
2018-2019
2015

11

12

13

13_ 구산동주민자치회 연계 벽화 속 우리 동네 (2024)
14_ 어린이 영화제작 워크숍 (2025)

15_ 은평구 어르신 연계 전시 '내 나이에 그림 어때' (2025)
16_ 물푸레도서관 연계 뜨개전시 '손 끝에 따뜻한 세상' (2025)

구산동도서관마을에게

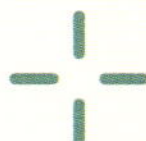

도서관에 일주일에 다섯 번씩 와서 책을 읽어요.
도서관에는 초등학교 1학년 겨울에 엄마와 함께 책을 읽으러 처음 왔었어요.
내가 도서관에서 제일 좋아하는 어린이자료실에는 책도 많고 재밌는 게 많아요.
'무서운 이야기'가 나오는 책을 처음 읽을 때는 너무 무서웠는데, 계속 읽다 보니
이젠 재밌어진 것을 보면 제가 조금 더 용감해진 것 같아요.
나보다 한 살 더 많은 구산동도서관마을! 생일 축하해요!

도서관에 거의 매일 와서 책을 읽어요. 초등학
교 1학년 때 도서관에 처음 와서 친구들이랑
같이 책을 읽었던 것이 기억나요. 귀여운 곰돌
이 인형도 있고 제가 제일 좋아하는 '흔한 남
매' 책도 있어서 너무 좋아요! 도서관이 100살
까지 버텨주면 좋겠어요!

저는 엄마 아빠가 오늘은 가면 안 된다고 하는 날
빼고는 매일 도서관에 와요. 도서관에서 책도 읽고
수학 문제집도 풀어요. 학교 견학으로 도서관에 처
음 왔었는데 너무 좋아서 그 이후로 계속 오고 있어
요. 매일매일 재밌는 책을 만날 수 있어서 도서관에
오는 게 행복해요!

구산동도서관마을은 아늑하
고 편안해서 자주 오고 싶어
요. 도서관이 오래오래 있으
면 좋겠어요. 구산동도서관
마을, 10살 생일을 축하해요!

구산동도서관마을은 설렘과 기쁨을 주는 곳입니다.
몇 년 전 도서관에서 인문학 강의를 듣고 도서관에서
대출만 하는 것이 아니라 자원봉사를 하면서 고마움
을 나누고 싶었어요. 나이 제한이 있을까 염려했지만,
다행히 지금까지 주 1회, 2시간씩 봉사할 수 있어 기쁘
고 행복합니다. 고마워요! 구산동도서관마을!

항상 열정적이고 친절하신 사서쌤들이
계셔서 올 때마다 좋습니다. 열정이 느
껴지는 도서관, 또 오고 싶은 도서관
입니다. 여러 가지 프로그램 앞으로도
많이 만들어주세요. 구산동도서관마
을 화이팅!

도서관은 첫 만남부터 지금까지 친구 같은 공간입
니다. 심심할 때, 공부할 때, 기분이 좋을 때, 기분이
안 좋을 때, 책이 필요할 때 가면 항상 맞이해주는
친구였습니다. 라디오 동아리 '마침표'는 저에게 성
장과 성숙의 원동력이었습니다. 뭣도 모르던 중학생
에게 말 잘하는 법, 친구 사귀는 법, 조직을 유지하
는 법, 다양한 음향과 영상 기술까지 참 많이도 가
르쳐 주었습니다. 지금은 이사했지만, 지금의 저를
만들어준 공간이라는 점에서 마음은 언제나 함께
하고 있습니다. 앞으로도 언제든 반겨주는 포근한
공간으로 남아주세요.

도서관에서 아이가 즐겁게 활동하는 모습을 보며, 엄마인 저도 같이 함께할 수 있어 즐거워요. 제 학창 시절의 도서관은 필요한 책을 찾아 읽는 공간에 그쳤지만, 구산동도서관마을은 아이부터 어른까지 누구나 다양한 활동을 해볼 수 있는 곳이라는 점에서 큰 의미가 있어요. 이러한 경험들은 일상에 작은 즐거움을 더하고 삶을 한층 더 풍요롭게 만들어주었답니다. 앞으로도 다양한 프로그램을 통해 더 많은 배움을 이어갈 수 있기를 기대합니다.

우연히 집을 알아보러 다니다 소문으로만 듣던 도서관에 밤에 예쁘게 불 켜진 모습을 보고 망설이지 않고 도서관 옆집에 안착했습니다. 도서관에 올 때마다 지역과 잘 인연 맺어진 도서관 같아서 뿌듯합니다. 자료 정리하기 쉽게 설치되어 있으면 좋지 않을까 생각했어요. 영화 상영이나 작가와의 대화, 명사 강연 같은 것도 알차게 추천해주셔서 매우 잘 듣고 있습니다.

은평구로 이사 오기 훨씬 전 구산동도서관마을을 만화로 그린 〈날마다 도서관을 상상해〉를 통해 알게 되었습니다. 평소 비슷한 또래를 혹은 비슷한 나이대를 만날 일이 없던 저에게 청년 독서 동아리 청문회는 일상의 활기를 되찾아주었죠. 독서를 좋아하는데 같은 책을 읽고 다양한 의견과 감상을 나눌 수 있어서 좋았습니다. 그리고 그래픽 노블이 다양하게 비치되어 있어서 좋습니다.

10년 전에 도서관이 처음 생겼을 때부터 10년간 열심히 다닌 사람으로 도서관에 대한 추억이 많아요. 어릴 때 주말만 되면 부모님이랑 같이 도서관에 와서 책 읽고 평일에도 자주 오고, 학생이 되고 나서는 시험 기간마다 도서관 문 열 때 들어와서 끝나는 종소리 듣고 나가기도 했죠. 시험 잘 못 치고 와서 구석에서 울기도 하고요. 동아리 활동을 하면서 좋은 사람들도 많이 만나고 좋은 추억을 많이 쌓았어요. 앞으로도 열심히 올게요! 잘 부탁드립니다!

소외되거나 갈 곳이 없는 혹은 방황하는 사람들이 있을 수 있는 곳, 여러 사람이 안심하고 모이면서 책을 매개로 다양한 활동과 삶으로 이어지는 도서관이 되었으면 좋겠습니다. 또 청소년실이 활발하게 계속 운영되기를 바랍니다. 사람들과 서로 배려하고 이해하며 공생할 수 있는 도서관이 되면 좋겠습니다.

개인적으로 만족하는 도서관이라 바라는 점은 별로 없지만, 어느 날 발걸음이 도서관으로 향해서 그냥 책이나 볼까 싶어서 왔는데, 오호라~ 월요일이었네요! 이런 일이 그 후로도 두 번이나 있다 보니 월요일도 도서관 문을 열면 안 되나(?) 생각이 들었었지요. 그런데 주변에 저와 같은 경험을 한 사람들이 종종 있더라고요. 어떠세요? 월요일도 개관하는 일… 불가능하겠죠? ㅠㅠ

도서관이 걸어온 길

2002	01	대조동 주민센터 3층에 대조어린이도서실 개관
2004		주민센터 옆 (구)대광파출소 건물 리모델링 결정 및 공사
2005	06	꿈나무어린이도서관 개관
2006	05	구산동 주민센터 이전 소식으로 해당 부지에 도서관을 세우자는 은평구 주민 청원 활동을 시작하여 2주 만에 2,008명 서명
2012	09	서울시 주민참여예산사업 선정
2013	03	시청각어린이청소년도서관 공모사업 선정
		구산동도서관마을 조성 계획 수립
	07	도서관 설계 발주
2015	04	은평도서관마을사회적협동조합 도서관 수탁
2015	11	11월 13일 구산동도서관마을 개관
2016	09	제34회 서울특별시 건축상 대상 수상
	10	제10회 대한민국 공공건축상 대상 수상
	11	개관 1주년 기념 정책포럼 '마을과 도서관, 우리의 미래' 개최
2017	09	주민참여예산사업 '만화로 그리는 구산동도서관마을' 선정
	10	제54회 전국도서관대회 '주민이 세우고 운영하는 도서관의 힘' 발표
	11	개관 2주년 기념 '은평구 도서관 십년지대계' 포럼 개최
2018	05	한국문화예술위원회 '2017년 도서관 상주작가 지원사업' 우수사례 도서관 선정
	09	문재인 대통령 방문, 지역밀착형 생활 SOC 사업 발표
	11	개관 3주년 기념 '독서시민, 은평' 포럼 진행
	12	한국과학창의재단 2018년 과학문화활동지원사업 우수 프로그램 선정
2019	01	구산동도서관마을 이야기 만화도서 〈날마다 도서관을 상상해〉 출판
	10	전국 도서관 운영평가 문화체육부 장관상 수상
	11	한국도서관협회 길 위의 인문학 한국도서관협회장상 수상
	12	인문독서아카데미 우수상 수상

2020	10	인문독서아카데미 대상 수상(문화체육부장관상)
	11	개관 5주년 기념 세미나 '마을과 도서관, 5년을 돌아보다' 진행
		국가건축정책위원회 우수건축사례 선정
2021	03	한국도서관문화진흥원 '도서관·박물관·미술관 1관1단' 3년 연속 선정
	11	개관 6주년 기념 토론회 '다시, 마을과 도서관을 잇다' 전시 진행
2022	05	주민참여예산사업 '독서활동가 양성을 위한 도서관 마을학교' 선정 및 진행
	10	미국 텍사스대학교 문헌정보학 데이비드 랭크스 교수 방문
	11	개관 7주년 기념 행사 진행
2023	03	미디어교육실 리뉴얼 '만화 입힌 강의실' 조성
	09	스페인 빌바오시 시장 특별 전문관 및 국제협력국장 방문
	11	개관 8주년 기념 행사 '만남이 계속되는 우리, 도서관, 마을' 진행
2024	03	은평구치매안심센터 '치매극복선도도서관' 지정
	07	교육부 '교육기부 진로체험 인증기관' 선정
	11	개관 9주년 기념 행사 '만남이 계속되는 우리, 도서관, 마을' 진행
		작은도서관 순회사서 지원사업 순회사서 우수 시행 공공도서관 선정
2025	01	어린이 영화 제작 워크숍 '보물찾기: 도서관 탐험기' 진행
	08	개관 10주년 기념 활동가 집담회 '그때, 우리, 다시' 진행
	11	개관 10주년 기념 행사 '만남이 계속되는 우리, 도서관, 마을' 진행

도서관을 꿈꾸는 마을

구산동도서관마을 개관을 기념하며
주민들과 직원들이 함께 만든 도서관 노래

도서관이 된 마을,
마을이 된 도서관

지은이 | 구산동도서관마을

진행 | 김영미 김홍미
편집 | 김민정 이희진
디자인 | 한송이
마케팅 | 신용천 추미경 안효원

인쇄 | 금강인쇄

초판 1쇄 | 2026년 4월 15일
초판 2쇄 | 2026년 7월 2일

펴낸이 | 이진희
펴낸곳 | (주)리스컴

주소 | 서울시 강남구 테헤란로87길 22, 7층(삼성동, 한국도심공항)
전화번호 | 대표번호 02-540-5192
              편집부 02-544-5194
FAX | 0504-479-4222
등록번호 | 제2-3348

ISBN 979-11-5616-329-9 03810
책값은 뒤표지에 있습니다.